LABYRINTH
der verlorenen Gefühle

Bilderbuch & Erzählung
von Frank Rothfuss

Inhalt

Teil 3

Ende

Für alle Mental-Krieger*innen,
Yoga-Begeisterte und Fußballfans –
möge dieses Buch eure inneren Stärken entfachen.

Prolog

Liebe Leserinnen und Leser

Willkommen im „Labyrinth der verlorenen Gefühle", wo die Grenzen zwischen Realität und Fantasie verschwimmen dürfen. Die folgenden Geschichten möchten Sie daran erinnern, in unserem oft hektischen und oberflächlichen Alltag häufiger innezuhalten, durchzuatmen und wieder mehr Bewusstsein dafür zu entwickeln, wie schön das Leben sein kann.

Die Charaktere in diesem Buch sind mir während des Schreibens ans Herz gewachsen. Sie haben mir gezeigt, dass selbst in den einfachsten Momenten des Lebens tiefe Weisheiten verborgen liegen. Durch sie habe ich wieder gelernt, dass wahre Erkenntnis oft mit einem Lachen daherkommt und dass Leichtigkeit nicht bedeutet, oberflächlich zu sein.

Neben den Geschichten finden Sie in diesem Buch eine Vielzahl an Illustrationen, die dazu beitragen sollen, Ihre Vorstellungskraft zu beflügeln und die Erzählungen zu bereichern.

Viel Vergnügen beim Lesen und Betrachten!

Herzlichst,
Frank Rothfuss

Die Entstehung der Illustrationen in diesem Buch

1. Skizzenphase:
Entwurf, Bleistift auf Papier

2. Farbkonzept:
Kolorierung, Buntstift auf Papier

3. BLUE LABYRINTH 2023:
Finale Illustration, erstellt mit Apple iPad, E-Pencil, Software Adobe Fresco

Einleitung

Als Jonathan die letzte Linie seiner verfeinerten Grafik zog, ahnte er nicht, dass er kurz vor einer Entdeckung stand, die weit über die Entwicklung eines Gesellschaftsspiels hinausgehen würde. Inspiriert von Thomas Bergners Werk „Gefühle: Die Sprache des Selbst", hatte er sich vorgenommen, ein Spiel zu erschaffen, das die Komplexität menschlicher Emotionen widerspiegeln sollte.

Mit InDesign als Werkzeug und einem Schachbrett von 64 Feldern als Bühne begann er, Sympathie und Antipathie in Prozentzahlen zu übersetzen – von der tiefsten Depression bis zur reinen Liebe, vom brennenden Hass bis zur ambivalenten Hassliebe. Doch während er die Felder mit Ereigniskarten und Jetons bevölkerte, spürte Jonathan ein wachsendes Unwohlsein. Das Spiel war zwar clever konzipiert, doch es fehlte ihm an Leben; es glich einer Melodie ohne Rhythmus.

Die ersten Entwürfe waren vielversprechend, aber sie vermochten nicht das Feuer der Begeisterung in ihm zu entfachen. Das Ganze erschien ihm wie ein Labyrinth aus Regeln und Möglichkeiten, das eher verwirrte als unterhielt. Jonathan wollte ein Spiel erschaffen, das für jeden zugänglich und verständlich war – weder zu tiefgründig noch zu oberflächlich, sondern etwas dazwischen oder sogar darüber hinaus.

Ein Spiel, das nicht nur unterhält, sondern auch zur Selbstreflexion anregt – ohne belehrend zu wirken. Wie ein Klassenausflug, an den man sich noch Jahre später erinnert, im Gegensatz zu einer Schulung, die man nach wenigen Tagen vergisst. Doch je intensiver er daran arbeitete, desto mehr entglitt ihm die klare Zielsetzung.

Jonathan war ein kreativer Kopf, der immer nach neuen Wegen suchte, um seine Ideen zum Leben zu erwecken. Doch diesmal schien er in einem Labyrinth widersprüchlicher Gedanken gefangen zu sein. Seine ursprüngliche Leichtigkeit war verschwunden; es fühlte sich an, als hätte ein gewaltiges kreatives Unwetter sein Atelier in eine Arena verwandelt.

Ein Orkan aus vorbeifliegenden Büchern wie „Das Glasperlenspiel", „Hector", „1001 Nacht" und „Der kleine Prinz" wirbelte unaufhörlich vor ihm. Ihm wurde schwindlig; er fühlte sich hoffnungslos überfordert. Es war die perfekte Ausgangssituation für etwas Schönes und Gehaltvolles – doch der immense Druck setzte ihm zu. Sein Kopf schmerzte vor lauter Grübeln und Zweifeln.

Jonathan überprüfte verzweifelt seine Ziele, doch bahnbrechende Erkenntnisse blieben aus. Mit jeder vergehenden Minute verlor er den Fokus. Thomas Bergmanns Grafik lastete wie ein Fluch auf ihm.

Da kam ihm eine rettende Idee: Ein Bilderbuch könnte der Schlüssel sein – die Basis und das Fundament seines Spiels. Es könnte helfen, die grundlegenden Spielregeln zu definieren und den Spielern als Reiseführer durch ihre Gefühlswelt begleiten – als Orientierungshilfe ohne Bevormundung oder erhobenen Zeigefinger.

Er fragte sich, ob diese Kombination aus Buch und Spiel wie ein ‚Trojanisches Pferd' wirken könnte – oberflächlich unschuldig im Erscheinungsbild, aber mit tiefgründigem Potenzial. Er machte sich ans Werk und begann Skizzen und Illustrationen anzufertigen – Bilder voller Emotionen, die als zusätzliche Inspiration dienen sollten.

So begann Jonathans Reise durch das Labyrinth der verlorenen Gefühle – eine Odyssee voller Abenteuer und Entdeckungen.

Teil 1
Labyrinth

1
Der Fall

Am nächsten Morgen erwachte er, als würde er aus den Tiefen eines Ozeans an die Oberfläche gezerrt. Sein Atem ging schwer und seine Lider fühlten sich bleischwer an. Als er sie endlich öffnete, blickte er in einen Himmel, der ihm fremd war – ein Kaleidoskop aus schimmernden Farben ohne erkennbare Ordnung. Er versuchte sich aufzurichten, doch sein Körper verweigerte den Dienst; es war, als wäre er von einer unsichtbaren Last gelähmt.

Er lag auf dem Rücken, die Arme und Beine ausgebreitet wie ein Sternbild des Scheiterns. Unter ihm erstreckte sich ein Teppich aus flüsterndem Sand, der bei jeder Bewegung zu singen schien – eine Melodie aus Verwirrung und Zweifel. Jonathan spürte, wie der Sand an seinen Fingern zerrte und ihn tiefer in ein unbekanntes Land zog. Plötzlich brach der Boden unter ihm weg. Jonathan fühlte den freien Fall durch eine Spirale der Dunkelheit. Er wollte schreien, aber kein Laut kam über seine Lippen. Um ihn herum wirbelten Fragmente seiner Erinnerungen – zerbrochene Spiegelbilder von Freude und Schmerz. Der Sturz schien endlos zu dauern. Zeit verlor ihre Bedeutung; Sekunden dehnten sich zu Stunden, Minuten zu Tagen.

Und dann endete der Fall so abrupt, wie er begonnen hatte. Jonathan landete sanft auf einer Plattform aus glasartigem Material, das Licht seltsam brach und reflektierte. Plötzlich fand er sich in einem faszinierenden Labyrinth wieder, das wie ein Spiegel seiner eigenen Psyche wirkte. Verwirrt und doch neugierig ließ er seinen Blick über die hohen Wände aus durchscheinendem Material schweifen, die leise zu atmen schienen. Mit jedem Schritt auf dem gläsernen Boden hinterließ Jonathan eine leuchtende Spur.

Es war, als ob das Labyrinth seine Anwesenheit registrierte und zugleich seine Bereitschaft, sich auf diese Reise einzulassen. Kein gewöhnlicher Ort, sondern ein Ort der Transformation und des

Wachstums. Jonathan erkannte, dass er hier die Grundlagen seines eigenen Denkens und Fühlens entdecken konnte – die Basis, auf der alles andere aufbauen würde.

Plötzlich schien das Labyrinth zu pulsieren, als ob es lebendig wäre und auf ihn reagierte. Die Wände flimmerten leicht und veränderten ihre Farben in einem rhythmischen Muster, das Jonathans Herzschlag zu spiegeln schien. Es war kein Zufall, dass er in dieses Labyrinth gezogen wurde; es war ein Wunsch, den er tief in seinem Inneren gehegt hatte. Er spürte, dass etwas in ihm nach Antworten suchte, nach einem tieferen Verständnis seiner selbst.

Ein kaum hörbares Flüstern drang in seine Gedanken: „Finde dich selbst", flüsterte es immer wieder. Das Labyrinth schien seinen

Wunsch erhört zu haben und war dazu da, ihm zu helfen. Mit jedem Schritt fühlte Jonathan eine Resonanz unter seinen Füßen, als ob der gläserne Boden seine Bewegungen nachvollzog und ihn sanft leitete. Die leuchtende Spur hinter ihm intensivierte sich und formte Muster, die wie Wegweiser wirkten.

Die Luft im Labyrinth begann sich zu verändern; sie wurde dichter und erfüllte sich mit einem leisen Summen, das von den Wänden auszugehen schien. Es war fast so, als ob das Labyrinth atmete – ein langsames Ein- und Ausatmen, das Jonathans eigene Atemzüge synchronisierte. Plötzlich bewegten sich die Wände leicht zur Seite und öffneten neue Wege vor ihm, während andere Pfade hinter ihm verschwanden.

Jonathan konnte spüren, wie das Labyrinth auf jede seiner Bewegungen reagierte. Ein sanfter Windhauch strich über sein Gesicht und trug den Duft von frischem Moos und salziger Meeresluft mit sich – eine Erinnerung an längst vergangene Zeiten oder vielleicht eine Vision dessen, was noch kommen sollte. Die Wände begannen nun auch leise Töne von sich zu geben – ein harmonisches Zusammenspiel von Klängen, die wie eine uralte Melodie klangen.

In der stillen Tiefe erkannte Jonathan etwas Entscheidendes: Sein bisheriges Leben war von Zurückhaltung geprägt gewesen – in Beziehungen, Träumen und spontanen Augenblicken. Die Angst vor Verletzlichkeit und das Festhalten an Gewohntem hatten ihn gebremst. Nun spürte er den Drang, diese Muster zu durchbrechen. Er wollte nicht länger nur Zuschauer sein. Es war Zeit für Mut und Hingabe, für eine Reise ins eigene Innere.

2
Die Begegnung mit Freude

Jonathan schritt durch das Labyrinth, bei jedem Schritt auf dem gläsernen Boden entfachte sich ein sanftes Leuchten unter seinen Füßen. Mit jedem weiteren Tritt fühlte er, wie die Schwere seines Herzens nachließ, als würde ein innerer Nebel sich langsam lichten.

Ein helles Lachen durchbrach plötzlich die Stille – so rein und klar, dass es die Wände des Labyrinths erzittern ließ. Jonathan hielt inne, lauschte und spürte eine zarte Regung in sich – eine Hoffnung, die er lange nicht mehr in dieser Intensität gefühlt hatte.

Aus dem Nichts formte sich eine Gestalt vor ihm. Umhüllt von warmem Licht schien sie zu schweben, statt zu gehen. Ihre Augen funkelten wie Sterne am Nachthimmel und ihr Lächeln war ansteckend – pure Freude in ihrer reinsten Form.

„Jonathan", rief sie mit einer Stimme so klar und erfrischend wie das Plätschern eines lebhaften Baches. „Ich habe auf dich gewartet." Er öffnete den Mund, um zu antworten, doch kein Laut kam heraus – stattdessen stand er wie verzaubert da, gefangen von ihrer Präsenz.

Freude tanzte um ihn herum; Farben strömten aus ihren Fingerspitzen und verwandelten das graue Glas des Labyrinths in einen leuchtenden Pfad aus Rot, Grün und Blau.

„Warum bin ich hier?" fragte Jonathan schließlich.

„Um zu lernen", antwortete Freude sanft. „Um zu wachsen und das wiederzufinden, was du verloren hast – dich selbst."

Sie streckte ihm ihre Hand entgegen; ohne Zögern ergriff er sie. Die Berührung war warm und elektrisierend; Energie durchströmte ihn und ließ sein Herz schneller schlagen. In diesem Moment fühlte er tiefe Verbundenheit und eine Freude, die ihn mit Leichtigkeit erfüllte.

Die personifizierte Freude lächelte wissend: „Das Labyrinth der verlorenen Gefühle hat deinen Ruf erhört."

Jonathan stammelte: „Und was bedeutet das?"

Mit weiser Stimme flüsterte sie: „Mein lieber Jonathan, wenn du wahre Freude finden willst, vergiss nie diese entscheidende Lehre."

Sie trat einen Schritt näher, und ihre Augen leuchteten wie funkelnde Sterne. „Es ist die Kunst des Staunens", flüsterte sie mit einer Stimme, die wie ein sanfter Windhauch klang. „Öffne deine Sinne und werde wieder zum wahren Entdecker der Schönheit, die dich umgibt. Sieh nicht nur mit deinen Augen, sondern erfasse sie mit der ganzen Tiefe deines Wesens. Lasse dich von den kleinen Wundern des Alltags überraschen und berühren."

Mit einer eleganten Bewegung hob sie ihre Hand, und ein Lichtstrahl begann durch den Raum zu tanzen, als ob er eine eigene Melodie spielte. „Lass dich vom Ballett der Blätter im Wind verzaubern, vom Lächeln eines geliebten Menschen erwärmen und von Melodien inspirieren, die deinen Geist beflügeln und tief deine Seele berühren. Erstaune über das warme Gefühl der Sonnenstrahlen auf deiner Haut und die zarte Umarmung einer Brise."

Freude trat noch näher heran, so dass Jonathan den Hauch ihres Atems spüren konnte – ein Hauch von Frische und Lebendigkeit. „Indem du das Staunen in dein Leben lässt, öffnest du die Tore für unendliche Freude. Du wirst feststellen, dass sich die kleinen Momente des Glücks vervielfachen und jeder Tag sich in ein außergewöhnliches Abenteuer verwandelt. Lasse dich von der Schönheit der Welt wieder überraschen und sei dankbar für all die Geschenke, die dir jeden Tag gemacht werden."

Freude führte Jonathan entlang des farbenfrohen Pfades. Mit jedem Schritt fühlte er sich lebendiger; die Last auf seinen Schultern wurde leichter, und die Dunkelheit in seinem Kopf wich einem strahlenden Licht. Sie erreichten eine Kreuzung im Labyrinth, einen Knotenpunkt, an dem viele Pfade zusammentrafen. An dieser Stelle verharrte Freude.

„Hier trennen sich unsere Wege", sprach sie mit einer Stimme, die wie ein sanftes Flüstern klang. „Bis hierher konnte ich dich begleiten, doch nun musst du allein weitergehen."

Jonathan spürte einen Anflug von Unsicherheit. „Aber ich weiß nicht, welchen Weg ich nehmen soll", gestand er leise.

Freude lächelte nur geheimnisvoll. „Das musst du auch nicht wissen. Vertraue darauf, dass jeder Schritt dich dorthin führt, wo du sein musst."

Mit diesen Worten begann Freude zu verblassen – ihre Gestalt zerfiel in unzählige Lichtpunkte, die in den Himmel des Labyrinths aufstiegen und dort wie funkelnde Sterne verweilten.

Jonathan stand still und betrachtete das schimmernde Firmament über ihm. Er hatte den Schlüssel zur wahren Freude gefunden: das Staunen. Er beschloss, seine Wahrnehmung zu ändern und bewusster zu leben – offen für neue Erfahrungen und inspiriert von den alltäglichen Wundern um ihn herum.

Mit einem entschlossenen Herzen wählte er einen Weg aus dem schillernden Kaleidoskop der Möglichkeiten vor ihm und trat ins Unbekannte. Jeder Schritt war ein neues Abenteuer, jeder Augenblick eine potenzielle Quelle der Inspiration.

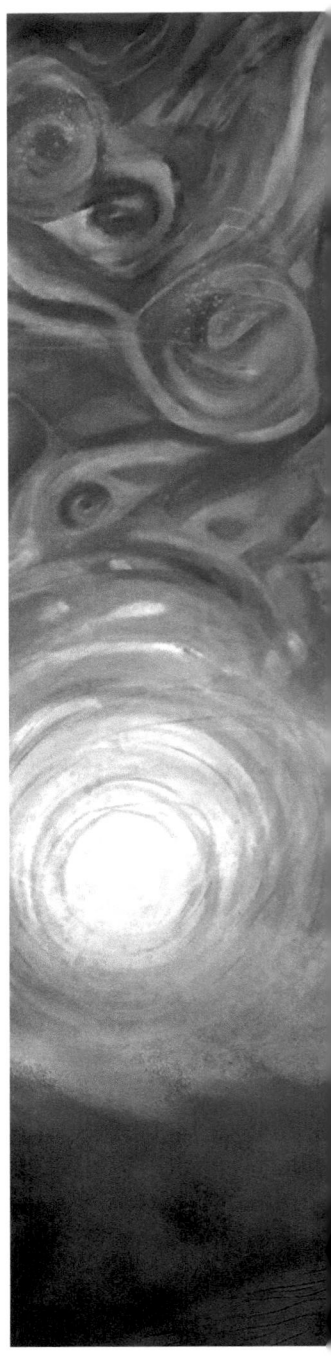

3
Das Tal der Traurigkeit

Jonathan setzte seinen Weg fort, mit dem Nachhall von Freudes lachen in seinen Ohren. Der Pfad vor ihm begann allmählich abzufallen, und mit jedem Schritt, den er tiefer in das Labyrinth hinabstieg, verdunkelte sich die Welt um ihn herum. Die leuchtenden Farben, die Freude hinterlassen hatte, verblassten zu einem sanften Grau.

Schließlich gelangte er zu einer Vertiefung des Labyrinths – ein ausgedehntes Tal, das sich unter einem von bleiernen Wolken verhangenen Himmel ausbreitete. Hier hing eine leise Melancholie in der Luft, die sich wie ein sanfter Nebel über die Landschaft senkte. Der Boden war bedeckt mit einem Teppich aus welken Blättern – jeder seiner Schritte ließ ein leises Rascheln erklingen – als würde das Tal selbst seufzen. In der Mitte des Tals stand ein einsamer Baum, seine Äste kahl und ausgestreckt wie offene Arme.

Unter dem Baum saß eine Gestalt – so blass und durchscheinend, dass sie beinahe mit der nebligen Umgebung verschmolz. Es war Traurigkeit, ihre Augen tief und unergründlich wie zwei dunkle Seen. Jonathan näherte sich zögernd. „Wer bist du?", erkundigte er sich mit gedämpfter Stimme. „Ich bin Traurigkeit", antwortete sie mit einer Stimme, die klang wie der ferne Klang eines Glockenspiels im Wind. „Ich wohne in diesem Tal, wo alle Tränen fließen."

Um sie herum breitete sich ein Fluss aus – nicht aus Wasser, sondern aus Tränen. Er schlängelte sich durch das Tal und reflektierte kein Licht; stattdessen schien er es zu verschlucken.

Jonathan blickte auf den traurigen Fluss und spürte eine beklemmende Leere in seinem Inneren. „Warum sind deine Ufer so trostlos?", fragte er Traurigkeit. Traurigkeit antwortete mit einer sanften Stimme: „Sie sind nicht trostlos", korrigierte sie behutsam. „Sie sind ehrlich. „In meinen Gewässern spiegeln sich Verlust, Trauer und

Sehnsucht wider – Gefühle, die viele Menschen versuchen zu verbergen, aus Angst vor ihren eigenen Schwächen oder der Unfähigkeit, diese Gefühle zu verstehen und anzunehmen."

Jonathan fühlte einen Stich in seiner Brust. Er dachte an all die Momente und Begebenheiten, in seiner Vergangenheit – an all die Fehler, die er begangen hatte, und jeden schmerzvollen Abschied, den er erlebt hatte. Ein Schauer lief über seinen Rücken, als er seine eigene tiefe Traurigkeit spürte, ein Teil von ihm, den er bisher gemieden hatte.

Traurigkeit stand langsam auf und trat an seine Seite. Ihre Hand berührte die seine, kalt wie Mondlicht. „Weine", sagte sie. „Lass die Tränen fließen und erlaube deiner Seele, sich von den Lasten der Vergangenheit zu befreien. In deinen Tränen liegt Erlösung, Reinigung und die Möglichkeit neu zu beginnen." Jonathan spürte wie Traurigkeitsempfindungen in ihm aufstiegen und sich zu einem wahren Sturm seiner Gefühle formten. Er ließ seine Tränen ungehindert fließen, während Traurigkeit neben ihm stand, mit Mitgefühl und Verständnis. Jonathans Tränen zeugten nicht von Schwäche, sondern seiner Menschlichkeit und der Bereitschaft, sich seinen tiefsten Schmerzen zu stellen.

Tränen liefen über Jonathans Wangen, doch mit jedem Tropfen spürte er, wie sich eine Last von seinen Schultern löste. Der dunkle Vorhang der Traurigkeit wurde durchscheinend und verwandelte sich in einen zarten Schleier der Hoffnung. In der tiefsten Dunkelheit entdeckte er einen Raum für Heilung, Wachstum und Transformation.

Er fühlte die Entschlossenheit in sich aufsteigen, seine tiefen Emotionen anzunehmen und sich ihnen zu öffnen. In diesem Moment erkannte er, dass die Traurigkeit nicht sein Feind war, sondern ein Teil des umfassenden Spektrums menschlicher Erfahrungen – ein Lehrer, der uns unsere eigenen Stärken entdecken lässt. Trotz seiner Tränen lächelte Jonathan – erfüllt von der Erkenntnis, dass Freude und Traurigkeit unzertrennlich sind und wahre Zufriedenheit sowie ein Gefühl der Vollkommenheit erst durch die Annahme

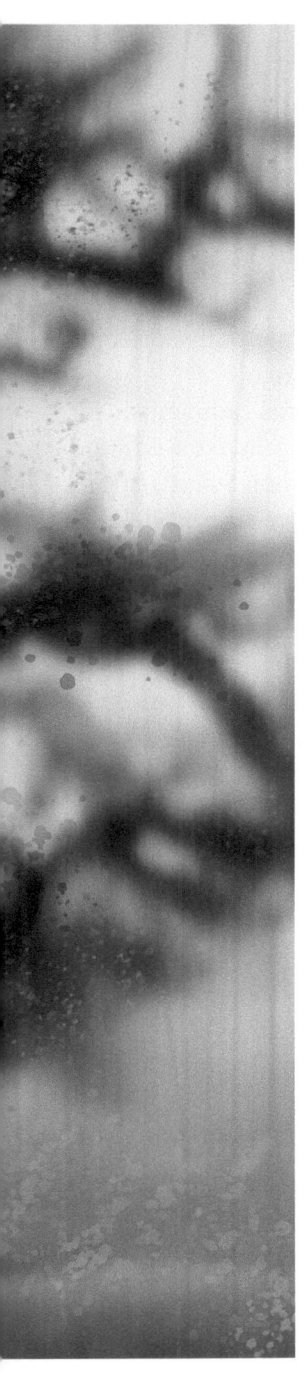

beider Gefühle entstehen.

„Tränen sind heilsam", flüsterte die Traurigkeit sanft. „Sie reinigen die Seele." Sie führte ihn entlang eines stillen Flusses bis zu einer Quelle – dem Ursprung des traurigen Wassers. Dort zeigte sie Jonathan sein eigenes Spiegelbild im klaren Wasser des Baches.

„Sieh dich an", sagte sie leise. „Du bist stark genug, um deinen Schmerz zu tragen und weiterzugehen."

Jonathan betrachtete sein Spiegelbild – seine Augen waren rot vom Weinen, aber klarer als je zuvor. Die Traurigkeit gab ihm einen letzten Rat: „Nimm deinen Kummer an; lass ihn dein Lehrer sein."

Mit diesen Worten verblasste sie wie Nebelschwaden im Morgenlicht und ließ Jonathan allein am Ufer des Tränenflusses zurück. Er hatte die Erkenntnis gewonnen, dass er vorankommen konnte, indem er sowohl Trauer als auch Freude als untrennbare Teile seines Wesens akzeptierte.

Mit einem neuen Verständnis für das Gleichgewicht der widersprüchlichen Emotionen wandte er sich vom Fluss ab und suchte den Ausgang aus dem Tal der Traurigkeit – bereit für die nächsten Erfahrungen auf seiner Reise durch das Labyrinth der verlorenen Gefühle.

4
Die Klippen des Zorns

Jonathan verließ das Tal der Traurigkeit mit schweren Schritten, die Echos seiner eigenen Tränen noch in seinen Ohren. Der Pfad vor ihm begann zu steigen, und mit jedem Schritt fühlte er, wie die Luft dichter und heißer wurde. Ein rotes Glimmen am Horizont kündigte sein nächstes Ziel an: die Klippen des Zorns.

Die Erde unter seinen Füßen verwandelte sich allmählich in rauen, schwarzen Stein, der bei jeder Berührung Funken schlug. Der Himmel verdunkelte sich zu einem bedrohlichen Scharlachrot, als ob er selbst in Flammen stünde. Jonathan spürte eine brodelnde Hitze in seiner Brust – eine Glut, die ihren Ursprung nicht in der Sonne hatte, sondern aus den Tiefen seines eigenen Kerns.

Als er den Fuß der Klippen erreichte, sah er aufwärts und erblickte eine Wand aus scharfkantigem Gestein, die sich bedrohlich über ihm auftürmte. Die Klippen waren zerklüftet und abweisend, als wären sie die verkörperte Wut der Erde selbst. Plötzlich zuckten Blitze über den Himmel und Donner rollte durch das Tal hinter ihm. Jonathan spürte einen Sturm in sich aufziehen – einen Sturm aus Ärger und Verbitterung über alles Unrecht und jede Ungerechtigkeit, die er je erfahren hatte.

Aus den Schatten der Klippen trat eine Gestalt hervor – groß und einschüchternd. Ihre Augen brannten wie Kohlen, ihre Haut war rissig wie trockenes Land im Sommer. Es war Zorn in seiner reinsten Form.

„Warum bist du hier?", donnerte Zorn mit einer Stimme, die den Boden unter Jonathans Füßen erzittern ließ.

„Ich suche den Weg durch das Labyrinth", antwortete Jonathan mutig, obwohl seine Stimme vor Angst bebte.

Zorn lachte höhnisch – ein Geräusch so durchdringend wie das Zerspringen von Glas. „Durch meine Klippen gibt es keinen einfachen Weg. Du musst deine eigene Wut erkennen und beherrschen."

Jonathan blickte auf seine Hände; sie zitterten vor unterdrückter

Rage. Er hatte immer versucht, seinen Ärger zu verbergen – ihn tief in sich zu begraben. Doch hier an den Klippen des Zorns konnte er ihn nicht länger ignorieren.

Er trat vorwärts und begann den Aufstieg. Jeder Griff war ein Kampf gegen das raue Gestein, jeder Tritt ein Akt der Rebellion gegen seine eigenen Dämonen. Der Wind peitschte um ihn herum und flüsterte Beleidigungen – Worte des Zweifels und der Selbstkritik. Jonathan kämpfte gegen sie an, setzte einen Fuß vor den anderen und kletterte höher.

Mit jedem Meter schien sein Zorn zu schwinden. Seine Wut entwich in lauten Schreien, die er dem Wind anvertraute oder verlor sich in leisen Flüstern, die er den Ritzen des Felsens überließ. Jeder emotionale Ausbruch erleichterte ihn, als würde er Stück für Stück inneren Ballast ablegen.

Der Aufstieg stellte nicht nur eine körperliche Herausforderung dar; es war ein Prozess emotionaler Läuterung und Befreiung. Als Jonathan schließlich den Gipfel erreichte und das ausgedehnte Tal unter sich liegen sah, breitete sich innere Ruhe und tiefe Stille in ihm aus.

Zorn trat an Jonathans Seite und nickte ihm anerkennend zu. „Gut gemacht", sagte er mit überraschend ruhiger Stimme. „Wut ist eine mächtige Energie mit großer Kraft. Lerne sie weise einzusetzen."

Mit diesen Worten löste sich Zorn wie Rauch im Wind auf und ließ Jonathan allein auf dem Gipfel zurück. Er atmete tief durch; sein Herzschlag beruhigte sich und fand zu einem gleichmäßigen Rhythmus zurück.

Jonathan hatte die Klippen des Zorns überwunden – nicht durch Vermeidung oder Verleugnung, sondern indem er sie als einen untrennbaren Teil seines Wesens umarmte. Die scharfen Kanten und brodelnden Tiefen hatten ihm ihre Lektionen ins Herz gebrannt. Nun war es an der Zeit, weiterzuziehen – hinab von den feurigen Höhen, die seine Seele gereinigt hatten, zurück ins Labyrinth. Er war nun bereichert mit einer neuen Einsicht, einer tieferen Weisheit und einer sanfteren Hand über die stürmischen Wogen seiner inneren Welt.

5
Der Wald der Furcht

Nachdem Jonathan die steilen Pfade des Zorns gemeistert hatte, fand er sich am Rand eines dichten Waldes wieder. Die Bäume standen majestätisch da, ihre Wipfel so dicht ineinander verschlungen, dass sie ein fast undurchdringliches Dach bildeten. Kaum ein Sonnenstrahl vermochte es, die Blätter zu durchstoßen und den Waldboden zu erhellen. Ein sanftes Zwielicht hüllte ihn ein, als er seinen ersten Schritt unter das grüne Gewölbe setzte. Der Wald der Furcht war ein Ort der Stille – eine Stille, die nicht friedlich war, sondern erfüllt von einem leisen Flüstern, das aus dem Dunkel zu kommen schien. Es war das Flüstern von Unsicherheit und Zweifel, das an Jonathans Bewusstsein nagte.

Mit jedem Schritt, den er tiefer in den Wald wagte, wuchsen die Schatten um ihn herum. Sie huschten beinahe unbemerkt am Rande seines Blickfeldes vorbei – schemenhafte Figuren, die gleichzeitig präsent und doch ungreifbar erschienen. Sie waren die Verkörperung seiner Ängste – flüchtig und doch allgegenwärtig. Die Bäume schienen ihn zu beobachten, ihre Rinden wie verzerrte Gesichter, stumme Zeugen von Jonathans innerem Kampf. Ihre Äste griffen nach ihm wie Finger aus einer anderen Welt, bereit, ihn zurückzuhalten und in den Abgrund des

Zweifels zu ziehen. Jonathan spürte seinen Atem schneller werden; sein Herzschlag hallte laut in seinen Ohren wider. Hier im Wald der Furcht war er verletzlich – hier stand er Auge in Auge mit seinen tiefsten Ängsten.

Doch es gab keine Rückkehr; der einzige Weg führte vorwärts. Er begann zu laufen, durchquerte den Wald mit hastigen Schritten. Das Flüstern wurde lauter – es sprach von Versagen und Verlust, von Schmerz und dem Unbekannten. Ohne Vorwarnung brach der Boden unter Jonathan weg und er fiel in einen bodenlosen Abgrund. Als er kurz darauf sanft auf einem Bett aus Moos landete, sah er direkt in das Gesicht einer seiner tiefsten Ängste: die Furcht vor dem unendlichen Nichts. Für einen Augenblick blieb er regungslos liegen, außer Atem und überwältigt von der Erkenntnis seiner eigenen Verletzlichkeit. Doch dann kämpfte er sich aus den Fesseln der Starre frei, sammelte all seinen Mut und stand zitternd auf – fest entschlossen, sich der drückenden Dunkelheit zu widersetzen.

„Warum fürchtest du dich?", fragte eine Stimme aus dem Dunkel des Waldes. Jonathan drehte sich um und erblickte eine Gestalt vor sich – schattenhaft und dennoch klar konturiert im schwachen Licht. Es war die Furcht – nicht bedrohlich oder böse, sondern ernst und nachdenklich. Jonathans Stimme zitterte, durchtränkt von Verletzlichkeit und dennoch von Aufrichtigkeit geprägt. „Eine tiefe Furcht hat sich in mein Herz geschlichen: die Angst vor dem Unbekannten", gestand er, während sein Blick im fernen Horizont seiner Gedanken versank. „Es quält mich nicht allein die Ungewissheit – vielmehr ist es die Vorstellung, das zu verlieren, was mir teuer ist. Der bloße Gedanke an einen solchen Verlust lässt eiskalte Finger meine Seele umklammern und droht, meinen Lebenswillen zu ersticken."

Die Furcht schenkte ihm ein mitfühlendes Lächeln und nickte, als würde sie die Tiefe seiner Gedanken erkennen. „Das Unbekannte", begann sie philosophisch, „ist wie ein unbeschriebenes Blatt, auf dem das Schicksal noch jede Geschichte verfassen kann." Sie hielt eine dramatische Pause, um ihre Worte wirken zu lassen, und fuhr dann fort: „In den Dunkelheiten deiner Ängste schlummern die Keime des Wachstums – sie warten nur darauf, im Licht deiner Aufmerksamkeit zu erblühen."

Jonathan ließ die Worte auf sich wirken, als wären sie sanfte Wellen, die leise über ihn hinwegglitten und dabei eine beruhigende Klarheit in seinem Geist zurückließen. Die Furcht sprach mit der Weisheit eines alten Baumes, dessen Wurzeln tief in die Erde reichen – erst der Mut, sich ihr zu stellen, ermöglicht es uns, neue Horizonte zu erschließen, Grenzen zu überschreiten und persönliches Wachstum zu erleben. Sie ist das Schlüsselelement für Fortschritt und Entwicklung. In diesem Moment begriff er, dass seine Angst nicht nur ein Hindernis war, sondern auch ein Schlüssel zu Türen, die er noch öffnen konnte. Er spürte, wie sich in seinem Inneren etwas löste und Platz machte für eine vorsichtige Neugierde auf all das, was jenseits seiner bisherigen Erfahrungen lag.

„Was soll ich tun?", fragte Jonathan. „Schreite voran auf deinem Weg", ermutigte die Furcht mit einer Stimme, die sowohl Bestimmtheit als auch Sanftheit in sich trug. „Doch tue dies mit wachen Sinnen und einem weiten Herzen. Sei bereit, die Welt um dich herum in all ihrer Vielfalt zu erkennen und zu umarmen. Und vergiss dabei nicht, deine Angst anzunehmen – sie ist nicht nur ein untrennbarer Teil von dir, sondern auch ein innerer Kompass, der dich lehrt und führt." Sie legte eine kurze Pause ein, um sicherzustellen, dass ihre Worte wie zarte Blütenblätter auf fruchtbaren Boden fielen. „Mache sie zu deinem Freund, nicht zu deinem Feind; zu deiner Stärke, nicht zu deiner Schwäche. Sieh deine Ängste als Quelle der Intuition und als Antrieb für Vorsicht und Weisheit. Akzeptiere und verstehe sie, damit sie dich nicht lähmen, sondern dir helfen, bewusster und erfüllter zu leben."

In diesem Moment der Erkenntnis stand Jonathan der personifizierten Furcht gegenüber. Es war eine seltene Gelegenheit zur Konfrontation mit seinen tiefsten Ängsten – eine Chance, die er nicht ungenutzt lassen wollte. Er stellte eine Frage, die tief in seinem Inneren brannte: „Kannst du mir erklären, wie man mutiger wird? Ist Mut eine Frage des Charakters, etwas Angeborenes, oder kann ich lernen, furchtloser zu sein?"

Die Furcht lächelte sanft, als ob sie die Schwere seiner Frage verstand und die Tiefe seiner Suche nach Antworten erkannte. „Mut", begann sie leise und doch eindringlich, „ist kein starrer Fels in deinem Wesen, sondern ein Fluss, der durch das Tal deiner Seele fließt. Er entspringt nicht allein aus dem Charakter oder dem Blut deiner Ahnen; vielmehr ist er ein zartes Pflänzchen, das im Garten deiner Erfahrungen wächst."

Sie machte eine Pause und ließ ihre Worte wie Morgentau auf Jonathans Geist niederfallen. „Mut entsteht aus der Bereitschaft, sich dem Unbekannten zu stellen und trotz Zitterns voranzuschreiten. Er ist das Licht, das du in den Schatten trägst, und die Melodie, die du in der Stille findest. Du kannst ihn nähren durch kleine Akte des Vertrauens und durch das Annehmen deiner eigenen Verletzlichkeit."

Jonathan spürte, wie diese Worte in ihm widerhallten und einen Funken Hoffnung entzündeten. Die Furcht fuhr fort: „Mut ist lernbar wie ein Lied oder ein Tanz. Er wächst mit jedem Schritt ins Ungewisse und jeder Entscheidung gegen die Bequemlichkeit des Vertrauten. Er ist nicht die Abwesenheit von Angst, sondern das Wissen um ihre Existenz und das bewusste Handeln trotz ihrer Gegenwart."

„Also ja," schloss sie mit einem Lächeln, das sowohl Weisheit als auch Mitgefühl ausstrahlte, „du kannst lernen, mutiger zu sein. Indem du deine Ängste annimmst und ihnen Raum gibst, wirst du entdecken, dass sie dir den Weg weisen können – nicht als Feinde, sondern als stille Begleiter auf deiner Reise."

Mit diesen Worten löste sich die Furcht auf und ließ Jonathan allein im Wald zurück. Langsamer und bedachter ging er weiter, nun verbunden mit dem dunklen Reich um ihn herum. Als er den Schatten des Waldes verließ und ins warme Licht trat, erfüllte ihn eine tiefe Gewissheit: Mut entsteht nicht aus der Abwesenheit von Furcht, sondern durch das mutige Umarmen ihrer Schatten.

6
Die Oase der Liebe

Jonathan verließ den Wald der Furcht, seine Schritte hallten nach von den Lektionen, die er in dessen dunklen Tiefen gelernt hatte. Das Licht, das ihn nun umfing, war sanft und warm – ein krasser Gegensatz zu der Düsternis, die er gerade hinter sich gelassen hatte. Vor ihm breitete sich eine Landschaft aus, die so üppig und lebendig war, dass sie ihm jetzt fast unwirklich erschien.

Sein Weg führte ihn an den Rand einer Oase – einen Ort der Ruhe und des Friedens. Das Grün der Palmen und Pflanzen strahlte in sattem Glanz, während Blumen in allen erdenklichen Farben den Boden schmückten. In der Mitte lag ein kristallklarer Teich, dessen Wasser still und ruhig dalag, als wäre es ein Spiegel des Himmels.

Die Luft war erfüllt vom Duft blühender Jasminblüten und vom süßen Nektar der Früchte, die an den Bäumen hingen. Vögel sangen in harmonischen Melodien, untermalt vom leisen Rascheln der Palmen im Wind.

Jonathan trat näher an den Teich dieser Oase heran und sah sein Spiegelbild auf der Wasseroberfläche. Er hatte sich verändert – nicht nur äußerlich durch die Reise, sondern auch innerlich durch die Begegnungen mit seinen Emotionen.

Er wandte sich um und sein Blick fiel auf eine Gestalt von ergreifender Anmut. Sie war in ein fließendes, weißes Gewand gehüllt und hielt einen Schirm in der Hand, der seidig im Sonnenlicht schimmerte. Ihre Augen strahlten tiefe Einsicht und ehrliches Mitgefühl aus – sie verkörperte die Liebe in ihrer reinsten Essenz.

„Warum bin ich hier?", fragte er mit leiser Stimme, in der sich Unsicherheit und Bewunderung mischten.

Sie lächelte freundlich und sprach: „Du bist hier, um zu lernen. Um zu erkennen, dass wahre Liebe nicht nur ein Gefühl ist, sondern eine unerschöpfliche Kraft – eine Kraft, die heilt und verbindet, die uns über unsere eigenen Grenzen hinausführt."

Jonathan fühlte sich sofort von der Präsenz angezogen, die Wärme und Akzeptanz ausstrahlte. Er setzte sich ans Ufer des Teiches und lauschte ihren weisen Worten.

„In jedem von uns ruht ein unerschöpflicher Brunnen der Liebe", fuhr sie fort. „Doch oft verschließen wir ihn aus Angst vor Verletzungen oder Ablehnung. Wir errichten Mauern um unsere Herzen, um uns zu schützen. Doch in Wahrheit schränken wir uns damit nur selbst ein."

Sie reichte Jonathan ihre Hand – als er sie berührte, durchströmte ihn ein Gefühl von Frieden und Freundschaft. Die Narben auf seiner Seele schienen sanft zu verheilen, und tief in sich spürte er das beruhigende Gefühl des Angenommenseins.

„Öffne dein Herz", sagte Liebe sanft. „Lass deine Liebe frei fließen – zu dir selbst und zu anderen. Denn in der bedingungslosen Liebe liegt wahre Freiheit."

Jonathan fragte ganz naiv: „Was bedeutet das für mich genau?" Mit sanfter Stimme erklärte ihm die Liebe: „‚Öffne dein Herz' ist eine metaphorische Redewendung, die dazu anregt, emotional offen aber auch verletzlich zu sein. Es bedeutet, dass du dich für deine Gefühle, neue Erfahrungen und auch in deinen zwischenmenschlichen Beziehungen mehr öffnen sollst.

Es geht darum, deine wahren Gedanken und Emotionen mit anderen zu teilen und mehr Empathie und Mitgefühl zu zeigen. Darüber hinaus gilt es, Vorurteile abzulegen und bereit zu sein, Liebe zu geben und zu empfangen. In einem spirituellen Kontext oder auf dem Weg des persönlichen Wachstums kann es auch heißen, sich selbst gegenüber aufrichtig zu sein und innere Blockaden oder Ängste freizugeben."

Nun verstand Jonathan, was es bedeutet, sein Herz zu öffnen, und dass es nicht nur eine leere Phrase ist. Und dass es darum geht es in Kauf zu nehmen auch verletzlich zu sein. Er spürte Tränen in seinen Augen aufsteigen. Es waren Tränen, die nicht aus Traurigkeit oder Schmerz entstanden, sondern aus tiefster Dankbarkeit für diese Erkenntnis.

Liebe lächelte weise und sprach mit lebhafter Stimme: „Es ist das Geben und Empfangen von Liebe, durch das wir die harmonischen Melodien des Lebens weben. Liebe ist wie ein Lichtstrahl in der Dunkelheit", erklärte sie philosophisch. „Sie ist das verbindende Band, das unser ganzes Universum zusammenhält."

Jonathan stellte noch eine Frage mit aufrichtiger Neugier: „Jetzt, wo ich die Chance habe, dich persönlich zu treffen, könntest du mir mehr über etwas erzählen, das ich schon so oft gehört und gelesen habe – was bedeutet es wirklich, Liebe zu geben?"

Sie erwiderte freundlich: „Liebe zu schenken bedeutet uneigennützig zum Wohlergehen anderer beizutragen. Es ist eine Geste der Großherzigkeit, in der wir unsere Zeit und Aufmerksamkeit teilen, ohne eine Belohnung dafür zu erwarten. Liebe zu geben gleicht dem Schenken eines Lichts in der Dunkelheit eines anderen; es bringt Licht in deren Leben und erleuchtet oft auch das unsere. Es handelt sich um das Erschaffen von Verbindungen und das Errichten von Brücken, die uns über unser eigenes Sein hinauswachsen lassen. In seiner Essenz ist das Geben von Liebe ein tiefer Ausdruck dessen, was es heißt, ein Mensch zu sein."

Jonathan spürte, wie ein tiefes Verständnis für den wahren Wert und die Kraft der Liebe in ihm aufkeimte. Ein Lächeln huschte über sein Gesicht, als ihm klar wurde: Diese Art von Liebe mag auf dem Fußball- oder Tennisplatz fehl am Platz sein – dort gelten andere Regeln –, doch im großen Spiel des Lebens ist sie der Schlüssel zur echten menschlichen Verbundenheit. Mit einem herzlichen Lachen, das die Wärme ihres Wesens widerspiegelte, begann die „personifizierte Liebe" sich langsam aufzulösen – sanft und leise wie Morgennebel, der im ersten Licht der Dämmerung am Horizont des Bewusstseins verfliegt. Jonathan erhob sich am Ufer des Teiches, eingehüllt in die Stille der Oase. Eine erfrischende Klarheit legte sich über die Weiten seines Herzens. Er erkannte, dass seine Liebe grenzenlos fließen konnte, sobald er sich entschloss, sein Herz zu öffnen.

Er verstand, dass dies großen Mut erforderte und zugleich den Kern unserer Menschlichkeit berührte – ein unerlässlicher Schritt auf dem Weg zu einem erfüllten Leben.

7
Das Spiegelsee-Refugium

Als er seine Reise fortsetzte und die Oase der Liebe hinter sich ließ, nahm er die Essenz der Liebe mit sich – ein leuchtender Leitstern, der ihn durch alle kommenden Kapitel seiner Odyssee im Labyrinth des Lebens führen sollte.

Der Pfad schlängelte sich nun durch eine sanfte Hügellandschaft, die in ein ruhiges Tal mündete. Zwischen den sanften Anhöhen eingebettet, lag ein See – so ruhig und klar, dass er den Himmel zu spiegeln schien. Dies war das Spiegelsee-Refugium. Der See wirkte wie ein Tor in eine andere Welt – eine Welt, in der die Grenzen zwischen dem Selbst und dem Universum zu verschwimmen schienen. Jonathan trat an das Ufer und betrachtete sein Spiegelbild auf der glatten Oberfläche. Doch was er sah, war mehr als nur sein äußeres Erscheinungsbild; es war ein Fenster in seine Seele.

„Was suchst du?", fragte eine Stimme. Jonathan blickte auf und sah einen alten Mann neben sich stehen. Sein Gesicht war von Falten durchzogen wie eine Landkarte des Lebens, seine Augen tief und voller Wissen. „Ich suche nach Verständnis", antwortete Jonathan aufrichtig.

Der alte Mann nickte bedächtig. „Das Spiegelsee-Refugium ist ein Ort der Reflexion", sagte er. „Hier kannst du dich selbst in all deinen Facetten sehen – deine Stärken und Schwächen, deine Hoffnungen und Ängste."

Jonathan setzte sich ans Ufer des Sees und beobachtete, wie die Wasseroberfläche die vorüberziehenden Wolken spiegelten.

„Unser Leben ist wie ein Spiegel", fuhr der alte Mann fort. „Er reflektiert nicht nur unser Bild zurück, sondern auch unsere Gedanken und Taten." Er reichte Jonathan einen flachen Stein. „Wirf ihn hinein", sagte er. Jonathan warf den Stein in den See. Kleine Kreise breiteten sich auf der Oberfläche aus – dann Wellen, die immer größer wurden und schließlich das Ufer erreichten. „Jede Handlung hat ihre Konsequenz", erklärte der alte Mann. „Wie die Wellen im Wasser breiten sich unsere Entscheidungen aus und berühren das Leben anderer." „Und doch", sagte der alte Mann mit einem Lächeln, das Jahrtausende zu umspannen schien, „ist es die Stille unter der Oberfläche, die wahre Weisheit birgt".

Jonathan blickte auf den See. Unter seiner Oberfläche verbarg sich eine Welt voller Stille und Klarheit, unbeeinflusst von den stürmischen Wellen des Alltags. Die Möglichkeit, hier zu sein, am Rande dieser unbekannten Tiefen, fühlte sich für Jonathan an wie ein Geschenk des Labyrinths. „Tauche hinab", ermutigte ihn der alte Mann mit einer Stimme, die so tief und ruhig war wie das Wasser selbst. „In der Tiefe kannst du finden, wonach du suchst", sagte er sanft.

Jonathan entkleidete sich und tauchte mit einem tiefen Atemzug in die ruhigen Wasser des Siegelsees ein. Eine sanfte Strömung zog ihn hinab, als würde er schweben, und trug ihn mühelos bis in die verborgenen Tiefen seines Wesens. Er glitt schwerelos durch die Strömungen, die mit Erinnerungen durchwoben waren. Vorbei an schillernden Fischen, die wie Gedankenblitze durch das klare Wasser schossen. Er tauchte immer tiefer, bis er sich in einem Wald aus exotischen, farbenprächtigen Unterwasserpflanzen wiederfand. Sie bildeten ein lebendiges Mosaik, das seine Kindheit symbolisierte.

Jede Pflanze symbolisierte einen Tag voller Unschuld und unbeschwerten Spielens, während er die Echos seines kindlichen Lachens hören konnte, das wie perlende Luftblasen an die Oberfläche stieg. Immer tiefer ging es hinab in eine Schlucht, wo das Wasser dunkler wurde. Hier fand Jonathan die Herausforderungen seines Lebens – Zeiten des Schmerzes und der Prüfungen. Er begegnete den Schattenfischen all seiner Ängste und Zweifel.

Dann stieß Jonathan auf eine verborgene Höhle, deren Wände mit leuchtenden Korallen des Verstehens bedeckt waren. Die Farben erzählten Geschichten von Liebe und Verlust, von Erfolg und Trauer. Jede Koralle symbolisierte ein Kapitel seiner Geschichte, jede Pflanze einen zärtlichen Kuss oder eine bittere Träne. Hier fand Jonathan den Kern seines Selbst – sein ganzes Leben wie einen Schatz auf dem Meeresgrund verstreut: Glitzernde Momente des Glücks lagen neben den scharfkantigen Felsen des Schmerzes. In dieser Tiefe, umhüllt von der farbenfrohen Unterwasserlandschaft, erlangte Jonathan eine tiefgreifende Erkenntnis. Es offenbarten sich ihm die essenziellen Wahrheiten seines Daseins.

Als er auftauchte und das schimmernde Licht der Wasseroberfläche durchbrach, fühlte er sich wie neugeboren – bereichert durch die tiefen Einsichten seiner eigenen Existenz. Er hatte sich selbst gefunden und akzeptierte seinen bisherigen Lebensweg in seiner Gesamtheit. Es war, als hätte er schwere Lasten abgeworfen und eine klarere Sicht auf sein Leben gewonnen.

Der alte Mann stand immer noch am Ufer und betrachtete Jonathan mit einem wissenden Blick. „Und, was hast du entdeckt?", fragte er mit tiefer Neugier. Jonathan lächelte, seine Augen leuchteten. „Ich glaube, ich habe mich selbst gefunden und die Verbundenheit aller Dinge erkannt", antwortete er weise. „Ich glaube, du bist nun bereit, deine Reise fortzusetzen und weitere Geheimnisse des Seins zu enthüllen. Möge dein weiterer Weg von Freude, Liebe und Weisheit begleitet sein."

Jonathan verneigte sich vor dem alten Mann, bereit, ein neues Kapitel seines Lebens zu beginnen. **Er erkannte klar, dass diese Welt in den Tiefen unseres Unterbewusstseins verborgen liegt und dass sie uns in der Stille viel zu sagen hat, wenn wir nur bereit sind zuzuhören.**

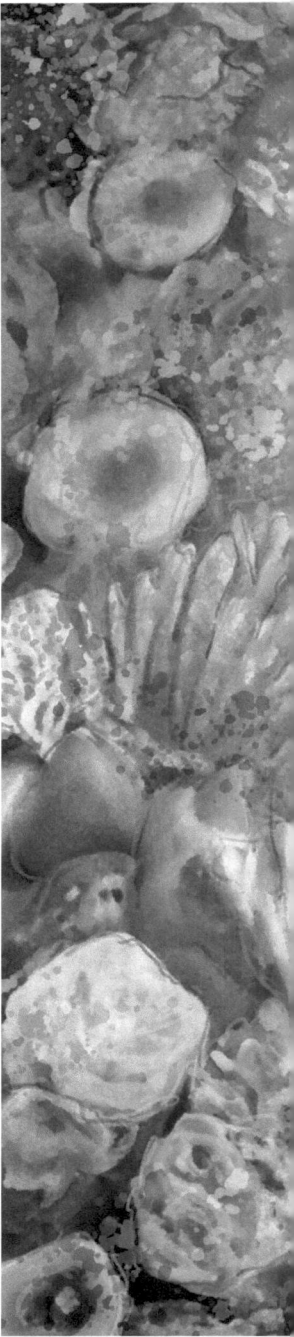

8
Der Vulkan der Leidenschaft

Jonathan setzte seine Reise fort, getragen von den Wellen der Erkenntnis, die er im Spiegelsee-Refugium gesammelt hatte. Sein Pfad führte ihn nun zu einem Ort, der in scharfem Kontrast zu den ruhigen Gewässern stand – zum Vulkan der Leidenschaft.

Der Boden unter seinen Füßen wurde wärmer mit jedem Schritt, als würde das Feuer des Erdinneren durch die Erde selbst atmen. Der Himmel war von einer tiefen Röte gefärbt, und die Luft vibrierte vor Hitze und Energie. Vor ihm erhob sich der Vulkan – majestätisch und bedrohlich zugleich. Als Jonathan näher kam, konnte er das Pulsieren des Vulkans spüren, ein Herzschlag aus Stein und Feuer. Die Lava – flüssiges Gestein, geboren aus dem Kern der Welt – bahnte sich ihren Weg an die Oberfläche in einer hypnotischen Mischung aus Zerstörung und Schöpfung.

„Was ist Leidenschaft?", fragte Jonathan laut in die brodelnde Stille hinein.

„Leidenschaft ist das Feuer des Lebens", antwortete eine Stimme, so kraftvoll wie ein Donnerschlag und doch voller Wärme. Aus dem aufsteigenden Rauch formte sich eine Gestalt – nicht greifbar und doch präsent. Es war die Verkörperung der Leidenschaft selbst. Jonathan spürte eine Hitze in sich aufsteigen, die nichts mit der Temperatur des Ortes zu tun hatte. Es war eine innere Glut, ein Verlangen nach Leben, nach Ausdruck, nach Verbindung.

„Leidenschaft kann zerstören oder erschaffen", fuhr die Stimme fort. „Sie kann dich verzehren oder beflügeln."

Um ihn herum begannen Funken zu tanzen – leuchtende Punkte im Dunkel, wie Sterne am Nachthimmel. Sie waren Metaphern für Ideen, für Träume, für den unstillbaren Durst nach Erfahrung. Jonathan sah hinab in den Krater des Vulkans und erblickte das glühende Herz der Erde. Es war ein Anblick von wilder Schönheit – gefährlich und verlockend zugleich.

„Umarme deine Leidenschaft", sagte die Gestalt mit einer Stimme, die wie ein leises Flüstern der Inspiration klang. „Sie ist es, die Farbe in dein Leben bringt und deine Seele zum Singen bringt."

Jonathan verstand nun, dass Leidenschaft nicht nur ein flüchtiges Gefühl war, sondern eine mächtige Quelle der Energie. Sie trieb ihn an zu handeln, zu lieben und zu erschaffen – sie war das strahlende Licht inmitten der Dunkelheit seiner Ängste und Unsicherheiten. Doch er erkannte auch, dass Leidenschaft ohne Kontrolle wie eine ungestüme Lava sein konnte, die alles um sich herum verschlang. Er spürte die Notwendigkeit eines Gleichgewichts – ein harmonisches Zusammenspiel von Vernunft und Begehren.

„Wie finde ich dieses Gleichgewicht?", fragte Jonathan, der sich nach innerer Klarheit sehnte. Die Gestalt lächelte mysteriös. „Indem du lernst, mit dem Feuer zu tanzen – nicht gegen es", antwortete sie. „Leidenschaft ist wie ein wildes Element, das dich erfüllt und dich vorantreibt. Aber um das Feuer zu beherrschen, musst du es in dir selbst entfachen und es auch in geordnete Bahnen lenken."

Jonathan spürte eine Mischung aus Faszination und Respekt für die Worte der Gestalt. Er wusste, dass er bereit war, sich auf die Reise zu begeben, um das Gleichgewicht zwischen Leidenschaft und Vernunft zu finden. Es war wie ein Tanz, bei dem er lernen musste, das Feuer zu umarmen, ohne sich zu verbrennen.

Die Gestalt reichte ihm ihre Hand – warm und kraftvoll. „Begib dich auf die Suche nach deinen wahren Leidenschaften und lerne, sie mit deinem Verstand in Einklang zu bringen", flüsterte sie. „Finde die Balance zwischen leidenschaftlicher Hingabe und kluger Entscheidung. Lass deine Leidenschaft deine Kreativität beflügeln und deine Träume wahr werden, aber vergiss nicht, immer weise zu handeln, damit du den richtigen Weg findest."

Mit einem letzten Blick auf die geheimnisvolle Gestalt, deren Weisheit ihn tief berührt hatte, trat Jonathan in den Tanz mit dem Feuer ein. Er war bereit, die Fesseln der Begrenzungen zu sprengen und seine wahre Leidenschaft zu leben – mit Mut, Entschlossenheit und einem offenen Herzen für die Wunder, die auf ihn warteten.

Als Jonathan sich vom Vulkan abwandte und seinen Weg fortsetzte, trug er das Bild des feurigen Herzens in sich – als Symbol für seine wilde Leidenschaft und als Erinnerung daran, dass wahre Leidenschaft immer auch Verantwortung bedeutet.

9
Das Herz des Labyrinths

Jonathan setzte beharrlich seinen Weg durch das Labyrinth fort, begleitet von einem Hauch von Gewissheit und einer Prise Abenteuerlust. Es war fast so, als ob das Labyrinth selbst ihm den Weg weisen wollte – mit jeder Veränderung der Landschaft schien es ihm zuzurufen: „Du bist auf dem richtigen Pfad!"

Er streifte durch üppige Täler voller Blumenpracht und begegnete exotischen Pflanzen, die seine Sinne betörten. Das Rascheln der hohen Gräser im Wind klang wie eine Melodie der Natur und trieb ihn vorwärts.

Als die Sonne langsam unterging und die Welt in Dämmerung hüllte, entdeckte er in der Ferne ein glühendes Licht – ein Versprechen auf Neues und Unbekanntes. Näher kommend erblickte er die Umrisse eines geheimnisvollen Gebäudes mit einer leuchtend roten Kuppel, die wie Feuer loderte.

Sein Herz pochte vor Aufregung bei dem Gedanken an das Geheimnisvolle, das ihn dort erwarten mochte. Jonathan hatte endlich das Zentrum des Labyrinths erreicht – einen Ort jenseits aller Konventionen und Normen. Vor ihm ragte ein monumentales Herz empor, geschaffen aus unzähligen funkelnden Spiegelscherben in den verschiedensten Formen und Farben.

Mit entschlossenem Schritt näherte sich Jonathan dem Portal und betrat eine Halle, deren Atmosphäre so mystisch und traumhaft war, als wäre sie einem Gemälde von Salvador Dalí entsprungen. Er fand sich unter einem Gewölbe aus surrealen Formen wieder, die sich sanft über ihm wölbten.

Eine Symphonie aus Farben und Strukturen, die keinem bekannten Muster folgten, umgab ihn. Mit jedem Schritt schienen sie sich zu verändern, als würden sie auf seine Anwesenheit reagieren. Es gab keine klare Grenze zwischen Himmel und Erde.

Am Rande seines Blickfeldes erblickte Jonathan die Unendlichkeitsschleife – ein visuelles Rätsel, das sich selbst umarmte, ein kontinuierliches Band ohne erkennbaren Anfang oder Ende. In diesem Moment erkannte er sich als Teil eines größeren Ganzen, verbunden mit der universellen Liebe und der unvergleichlichen Schönheit dieser Welt.

Inmitten dieses Raumes, der sich wie eine Bühne für das Unmögliche ausbreitete, thronte ein riesiger Baum, dessen Präsenz die Gesetze der Natur zu verspotten schien. Seine mächtigen Wurzeln schimmerten in einem intensiven Rot, das den Raum in warmes Licht tauchte. Die weit ausgebreiteten Äste strebten hoch hinauf, als wollten sie nach den Sternen greifen. Der Stamm wirkte wie aus purem Rubin geschnitzt und leuchtete, als würde im Inneren des Baumes ein Feuer brennen.

Nachdem Jonathan eine Weile staunend verweilt hatte, fasste er sich ein Herz und fragte: „Wo bin ich hier?". Eine tiefe Stimme aus dem Nichts antwortete: „Du befindest dich am Ort, an dem alle Wege dieses Labyrinths zusammenlaufen – das Zentrum deiner Suche." Jonathan trat näher an den majestätischen Baum heran und ließ behutsam seine Hand über die Rinde gleiten.

Eine Flut von Bildern durchströmte ihn – Augenblicke seines Lebens, Momente voller Freude und Schmerz, Triumphe und Niederlagen. Jedes Bild war wie ein Mosaiksteinchen, das einen Teil seiner eigenen Geschichte darstellte.

Jonathan, unsicher und neugierig zugleich, fragte leise: „Warum bin ich hier? Was kann ich lernen?" Die Stimme antwortete sanft: „Das Herz des Labyrinths lehrt dich die Kunst der Akzeptanz – das Verständnis, dass jedes Leben in einen größeren Zusammenhang eingebettet ist. Wenn du deine Vergangenheit akzeptierst und dich dem gegenwärtigen Moment hingibst, wirst du eine tiefere Verbindung zur Welt um dich herum spüren. Dies wird dir helfen, mehr Harmonie in deinem Leben zu finden und ein erfüllteres Dasein im Einklang mit dir selbst und der Natur zu führen."

Um Jonathan herum begann die Umgebung zu verschwimmen; die Spiegel reflektierten nicht mehr nur seine vergangenen Erlebnisse – sie öffneten auch Fenster in andere Welten und zeigten ihm alternative Wege seines Lebens. Er befand sich im Zentrum eines Universums – einem Ort, der jenseits aller Vorstellungskraft lag, aber in diesem Moment fühlte er sich realer als je zuvor.

Die weise Stimme fuhr fort:„Wenn du deine Vergangenheit akzeptierst und dich ganz im gegenwärtigen Moment verankerst, öffnest du gleichzeitig dein Herz für die Zukunft. Du wirst den täglichen Herausforderungen mit größerer Offenheit begegnen und kannst ihnen mit einer gestärkten inneren Ruhe und mehr Gelassenheit entgegentreten."

Jonathan verbeugte sich tief – gleich einem Schauspieler im Theater – in stiller Dankbarkeit für die gewonnenen Einsichten. Als er seinen Blick wieder zum Ausgang des Labyrinths richtete, spürte er, wie eine Welle der Zuversicht durch ihn hindurchströmte – bereit, einer Zukunft entgegenzutreten, die von noch mehr Freude und Gelassenheit erfüllt ist. Er hob seine Arme, drehte sich im Kreis und klatschte aus Dank in die Runde. Anschließend schritt er symbolisch zum ‚Ende dieses Kapitels‘, bereit, den nächsten Abschnitt seiner Reise anzutreten.

STOP!

Jonathan dachte plötzlich an das Ende vieler Märchen: „Und wenn sie nicht gestorben sind, dann leben sie noch heute." Er hielt inne und dachte bei sich: „Irgendetwas stimmt hier noch nicht." Sollte das wirklich die große Erkenntnis seiner Reise im Labyrinth gewesen sein? Nein, da war noch mehr. Nach kurzer Bedenkzeit machte er entschlossen kehrt und ging zurück. Als er das Zentrum erneut erreichte, begrüßte ihn der Baum erfreut und alles andere als überrascht über sein erneutes Erscheinen: „Hallo Jonathan, das ging aber schnell. Wie kann ich dir behilflich sein, mein Freund?"

Jonathan lächelte und sagte: „Ich habe mich durch verschiedene Kapitel dieses Labyrinths der verlorenen Gefühle bewegt und dabei viel gelernt. Doch was heißt es wirklich, die Vergangenheit anzunehmen, im Hier und Jetzt zu leben und mit offenem Herzen meinen Weg zu gehen? Solche Ratschläge findet man überall. Kannst du mir bitte erklären, wie man das praktisch umsetzt? Welche Herausforderungen gibt es dabei, und warum ist es in der Realität so schwer umzusetzen? Ich finde das verwirrend – es gibt zu viele Widersprüche. Bitte gib mir eine detaillierte Erklärung, die ich in meinem Alltag anwenden kann."

Die Stimme antwortete warmherzig und in aller Ruhe: „Gut, lass uns das noch einmal Schritt für Schritt durchgehen, Jonathan. Wenn wir davon sprechen, ‚die Vergangenheit anzunehmen‘, meinen wir damit, dass du erkennen sollst, dass alles, was du erlebt hast, Teil deiner Geschichte ist – es hat dich zu dem gemacht, der du heute bist und beeinflusst deine Gegenwart. Es geht darum zu akzeptieren, dass manche Ereignisse unveränderlich sind und es keinen Sinn macht, sich in Schuldgefühlen oder Bedauern zu verlieren. Stattdessen ist es wichtig, aus diesen Erfahrungen zu lernen und sie als einen Teil deines Lebensweges zu akzeptieren."

„Das ‚Leben im Hier und Jetzt' bedeutet, deine Aufmerksamkeit auf den gegenwärtigen Moment zu konzentrieren – denn nur in der Gegenwart kannst du aktiv handeln und Entscheidungen treffen. Viele Menschen verlieren sich jedoch in Sorgen um die Zukunft oder im Bedauern über die Vergangenheit und übersehen dabei das Leben, das sich direkt vor ihnen abspielt. Sie sind sich ihrer Fähigkeiten, etwas zu verändern, leider nicht bewusst, weil kaum jemand im Alltag wirklich ganz im Hier und Jetzt ist. Menschen neigen dazu zu glauben, dass ihr Gegenüber vollständig präsent ist, doch in Wirklichkeit ist es häufig so, dass ‚niemand zu Hause' ist. Verstehst du, was ich meine?"

Jonathan, überrascht von dem feinen Humor, musste laut lachen. „Die Stimme antwortete heiter und gelassen: ‚Lachen heißt erkennen.' Nach einem Lachen fügte sie hinzu: ‚Den Weg in die Zukunft mit offenem Herzen zu gehen bedeutet, den Mut aufzubringen, sich auf Veränderungen einzulassen und offen für neue Erfahrungen zu sein. Es geht darum, nicht zuzulassen, dass Ängste deine Träume überschatten, und Vertrauen in deinen eigenen Lebensweg sowie in die Ziele zu haben, die du dir gesteckt hast." Die Stimme verstummte, und eine Stille breitete sich aus, die das Gesagte nachklingen ließ.

Jonathan wollte noch tiefer verstehen: ‚Das klingt alles logisch und richtig in der Theorie, aber warum ist es in der Praxis so schwer umzusetzen, besonders wenn es um Verhaltensänderungen geht?

Geduldig antwortete die Stimme: „Die größte Herausforderung ist in der menschlichen Natur selbst verankert. Als Gewohnheitstiere wehren wir uns oft instinktiv dagegen, Altes loszulassen oder Neues anzunehmen, und halten stattdessen an bekannten Mustern fest – selbst wenn sie uns nicht dienlich sind, getrieben von dem trügerischen Gefühl einer scheinbaren Sicherheit.'" Die wahren Worte hallten nach und hinterließen eine bedeutsame Stille.

„Jonathan nickte zufrieden und hakte nach: ‚Und wie genau ist das Unterbewusstsein daran beteiligt?' Die Stimme erklärte ihm: ‚Dein Unterbewusstsein spielt eine zentrale Rolle in all diesen Prozessen. Es ist der Speicher für unsere tiefsten Überzeugungen und Emotionen, die wir nicht verarbeitet haben. In der Stille hast du die Möglichkeit, den Zugang zu dem zu finden, was du suchst. „Meditation und kontemplative Praktiken können dir auf diesem Weg von großem Nutzen sein", fuhr die Stimme fort.

„Um diese Konzepte nicht nur theoretisch zu begreifen, sondern auch praktisch zu erleben, bedarf es Übung und Geduld. Beginne mit kleinen Schritten: Nimm dir täglich Zeit für Selbstreflexion; sei achtsam in all deinen Handlungen; übe dich in Dankbarkeit für das, was du hast; lerne, deine emotionalen Reaktionen zu beobachten, ohne sofort darauf zu reagieren. Und denke daran, Jonathan: Jeder Mensch trägt seinen eigenen inneren Kompass in sich – es gilt, deinen eigenen zu entschlüsseln."

Nach einer kurzen Pause fügte die Stimme hinzu: „Und vergiss niemals deinen Humor bei der ganzen Sache – niemals! Das meine ich ernst!" Ein erneutes Lachen folgte.

Jonathan bedankte sich für die tiefgründigen Ratschläge und wollte fast scherzhaft nach einem kühlen Bier fragen, entschied sich aber stattdessen lachend zu sagen: „Kannst du mir das Ganze noch einmal in Kurzform zusammenfassen? Sozusagen einen kleinen ‚Reminder to go', bitte." Die Stimme lachte und antwortete: „Natürlich, Jonathan. Erinnere dich stets daran: Dein innerer Kompass ist dein verlässlichster Führer. Übe Achtsamkeit, sei geduldig und nimm dir Zeit zur Selbstreflexion – und vergiss niemals den Humor bei der ganzen Sache; du bist nur ein Teil des großen Ganzen. Diese Prinzipien sind die Schlüssel, um deinen Weg zu finden und ihm treu zu bleiben."

Jonathan war jetzt bestens gelaunt und mehr als zufrieden mit dem Verlauf des Gesprächs. Im Begriff aufzubrechen, drehte er sich noch einmal um und stellte seinem unsichtbaren Begleiter eine Frage: „Hey, wir haben den ganzen Tag miteinander verbracht, und du warst mir wie ein Bruder. Doch wer bist du eigentlich?" Ein warmes, aufrichtiges Lachen hallte wider, bevor die Stimme antwortete: „Betrachte es als kleines Spiel, Jonathan. Du hast drei Versuche – wer bin ich wohl?" Nach einem Moment des Nachdenkens musste Jonathan lachen. „Okay", sagte er schmunzelnd, „jetzt ist es klar. Darauf hätte ich eigentlich schon früher kommen können."

Und dann lachten sie beide zusammen – im wahrsten Sinne des Wortes.

Jonathan spürte, wie sich langsam ein Gefühl der Erschöpfung in ihm ausbreitete und eine große Müdigkeit von ihm Besitz ergriff. An dem mächtigen Stamm entdeckte er Stufen, die sich wie eine Wendeltreppe nach oben schlängelten. Er stieg hinauf bis zur Mitte des Baumes, wo er eine einladende Astgabelung fand, die sich als Schlafplatz eignete. Er legte sich hinein wie in eine offene Hand und machte es sich bequem. Mit einem erleichterten Seufzen atmete er tief durch, bereit, die Nacht hier zu verbringen.

Im Halbschlaf glaubte er noch einmal die Stimme zu hören: „Noch eine kleine Frage an dich, Jonathan: Seit wann gibt es überhaupt Bäume, die sprechen?" Jonathan schlief schließlich friedlich und mit einem Lächeln ein.

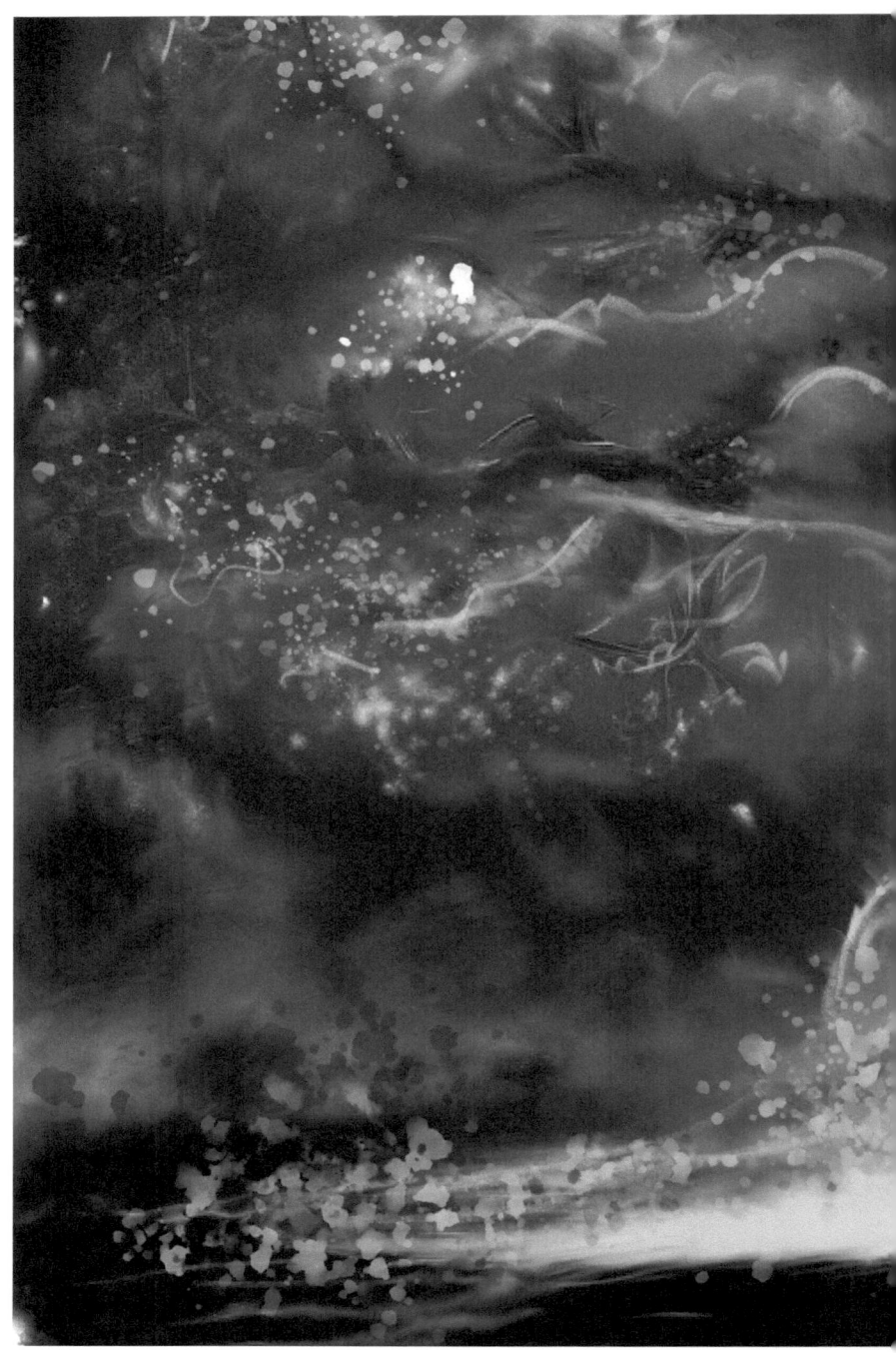

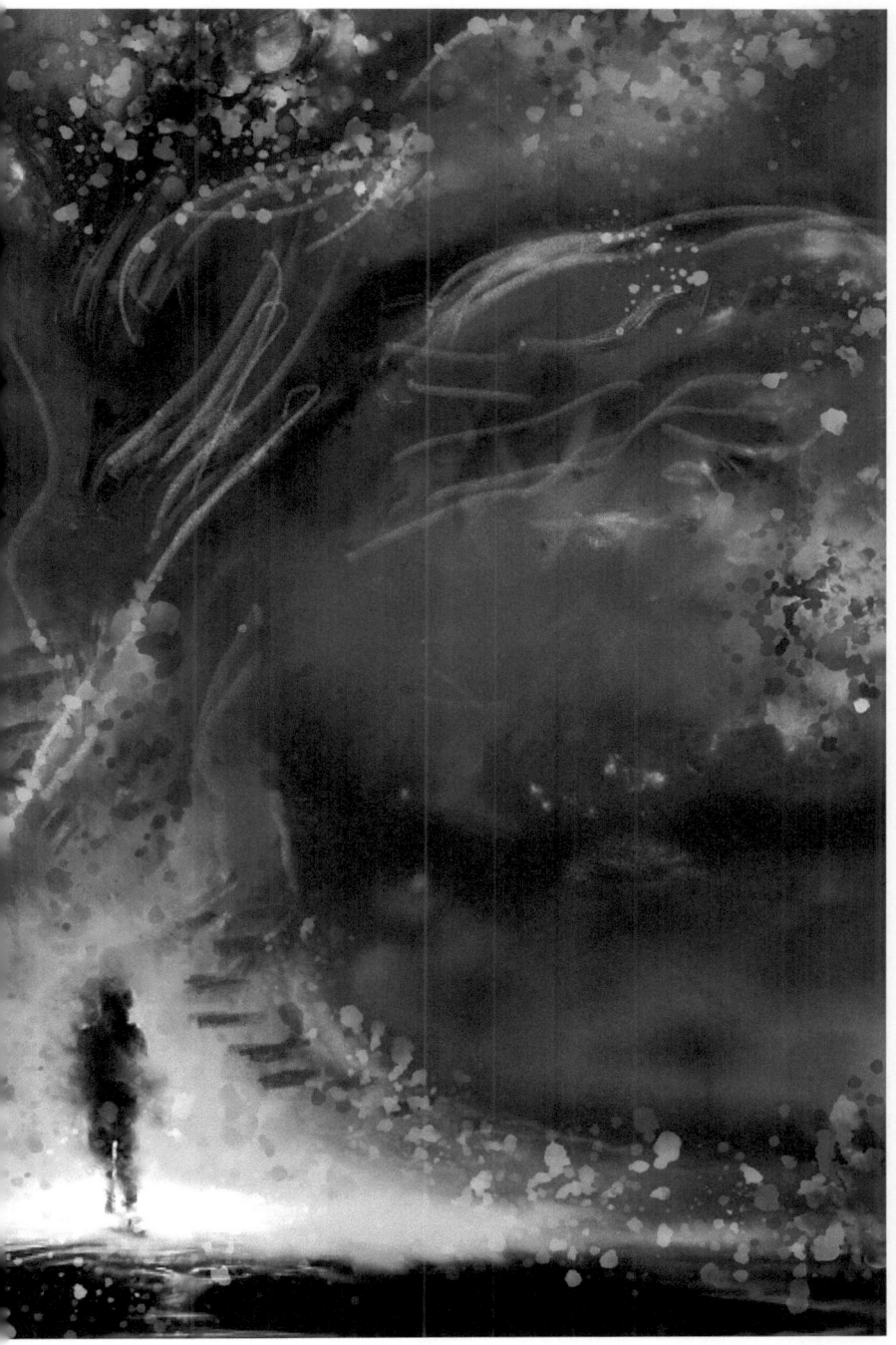

10
Der Turm der Türen

Während Jonathan voranschritt, ließ er seine Gedanken durch sein Bewusstsein flattern wie bunte Schmetterlinge, Erinnerung an alles Geschehene. Seine Seele fühlte sich leichter an, als hätte sie Flügel bekommen. Diese Reise in sein Inneres hatte ihm ganz neue Facetten seines Gefühlslebens offenbart; eine neue Dimension schien in ihm zu erwachen. Sein Inneres erschien ihm nun reicher und vielschichtiger, erfüllt von einem erweiterten Spektrum an Farbtönen und Schattierungen.

Der Aufenthalt an diesem Ort hatte nicht nur ihn verändert; auch das Labyrinth selbst schien sich zu wandeln. Die Kulisse hier, die anfangs einem Fantasiefilm zu entstammen schien, nahm nun zusehends eine immer realistischere und detailreichere Gestalt an, voller Gegenstände und Begebenheiten seines gewohnten Alltags.

Obwohl er sich immer noch bewusst war, dass er sich im Labyrinth befand, spürte Jonathan, wie er zunehmend seine Innenwelt verließ und direkt in eine äußere Welt überging.

Jonathan entdeckte in der Nähe eine einladende Sitzgruppe, die zur Rast einlud. Als er sich näherte, bemerkte er, dass sie aus vielen Bänken bestand, die in einer seltsamen Schneckenform angeordnet waren – einer Spirale. Die inneren Bänke leuchteten in einem kräftigen Rot, während die Farben nach außen hin in ein Blau übergingen. Eine Bank in der Mitte der Spirale strahlte jedoch in einem geheimnisvollen Violett, das ihn magisch anzog. Jonathan ließ sich darauf nieder und spürte sofort, wie eine tiefe Ruhe und Zufriedenheit in ihm erwachte.

Es war an der Zeit, seine Zustimmung zu geben – die Zustimmung zum Verbleib in dieser mysteriösen Welt für die nächste Zeit und auch zur Überschreitung einer unsichtbaren Schwelle. Eine Art Grenze, die ihn von seiner inneren Welt in das Erleben der äußeren führen würde, vergleichbar mit dem Übergang von der Jugend ins Erwachsenenalter. „Ja", dachte er mit Entschlossenheit, „ich bin bereit." Und mehr noch – er verspürte gleichzeitig sogar eine tiefe Dankbarkeit für die Möglichkeit, diesen Pfad beschreiten zu dürfen, gespannt darauf, was ihn als Nächstes erwarten würde.

Frohen Mutes schritt Jonathan voran – ein Wanderer auf der

Suche nach Erkenntnis und wahrer Freiheit durch die verwobenen Wege dieses Labyrinths.

Am fernen Horizont ragte ein Turm empor – ein uralter Monolith aus längst vergangenen Zeiten, dessen schief gefügte Steine der Schwerkraft trotzten. Die Spitze dieses gigantischen Turms verbarg sich in tief hängenden Wolken, als wolle er die Geheimnisse seines Zenits behüten. Jonathan fasste den Entschluss, diesen Turm zu erklimmen, in der Hoffnung, von dort oben seinen weiteren Weg zu entdecken. Mit jedem Schritt, der ihn näher zum Fuße des Turmes führte, spürte Jonathan, wie sein Herzschlag sich dem geheimnisvollen Rhythmus einer unsichtbaren Trommel anpasste. Über dem Eingang blinkten Neonschilder mit verheißungsvollen Botschaften wie – „Tower of Love", „Temptation", „Freedom".

Im Inneren des Turms erwartete ihn jedoch keine Aufstiegsmöglichkeit, sondern eine Treppe, die sich nach unten in die Tiefe wand. Hatte sich etwa der gesamte Turm nach seinem Eintritt auf den Kopf gedreht? Diese gewaltige Wendeltreppe aus Hunderten von Holzbalken und Seilen schien ihn nicht dem Himmel näherzubringen, sondern führte geradewegs in die entgegengesetzte Richtung – hinab in die Dunkelheit, wie ein Abstieg in die tiefsten Abgründe. Entschlossen begann Jonathan hinabzusteigen. Mit jeder Windung nach unten, vernahm er immer deutlicher Lachen und Musik. An einer gewaltigen Holztür, durch deren Ritzen Licht funkelte, hörte man das Klirren von Gläsern und Zigarettenrauch quoll unter ihr hindurch. Jonathan beschloss, einen Blick hinter die Tür zu werfen, um vielleicht ein Bierchen zu trinken und mal wieder eine Zigarette zu rauchen, bevor er seinen Weg fortsetzen würde.

Jonathan trat ein und wurde umgehend von fröhlichen Gesichtern empfangen. Der charismatische Barkeeper, umgeben von einer noblen Nostalgie, trat hinter der im Jugendstil gestalteten Bar hervor und kam direkt auf ihn zu. „Für dich bin ich Fred", sagte er mit einem warmen Lächeln. „Da du heute unser neuer Gast bist, geht die Rechnung aufs Haus." Fred deutete auf das beeindruckende Regal hinter der Bar – eine riesige Ansammlung bunt glitzernder Flaschen in exotischen Formen und Farben, präsentiert auf haushohen Regalen.

Er näherte sich zielstrebig der Theke, während leicht bekleidete bildhübsche Frauen vorbei tanzten, deren Blicke verführerisch und verlockend waren. Eine der Schönheiten küsste ihn flüchtig und flüsterte ihm schamlose Versprechungen ins Ohr. Zwei Männer in bester Laune umarmten ihn wie einen alten Freund. Er entschied sich dazu, sich zunächst einmal einen Drink zu gönnen – zum Aufwärmen und Ankommen. „Reste calme d'abord" (erst mal ganz ruhig bleiben), mahnte er sich selbst auf Französisch.

Die Atmosphäre war elektrisierend und voller Geheimnisse, die nur darauf warteten, entdeckt zu werden. Sein Blick schweifte über das Angebot – eine schier endlose Auswahl an uraltem Whisky und Cognac sowie edelsten Weinen aus aller Welt.

Als er bei Fred seine Bestellung aufgeben wollte, kam dieser ihm zuvor und servierte ihm ein kristallenes Glas, gefüllt mit „flüssigem Gold". Mit einer großzügigen Geste präsentierte er ihm einen Macallan Whisky, Jahrgang 1926. „Für dich heute nur das Allerbeste, mein neuer Freund." Jonathan trank von diesem unsagbar teuren „Holy Spirit". Nach ein paar Schlucken wurde er allmählich Teil dieser ausgelassenen Gesellschaft im Verlies der Lust und des Lasters.

Er hob erneut die Hand in Richtung Fred, der, als könnte er seine Gedanken lesen, sogleich auf ihn zukam und ihm eine bereits angerauchte Zigarre überreichte: „Kuba Cohiba Behike", bekanntermaßen eine der exklusivsten, die es gibt. „Merci beaucoup, Fred", murmelte Jonathan weltmännisch, eingehüllt in die Ekstase dieses genussvollen Moments.

Und so nahm der Absturz seinen Lauf. Spät in dieser Nacht, nach stundenlangem Tanzen, Singen und Flirten an der Grenze des guten Geschmacks, schlief Jonathan völlig betrunken und erschöpft auf einem Hocker an der Bar ein – mit dem Kopf auf dem Tresen.

Er erwachte am frühen Morgen, sein Kopf dröhnte und ihm war übel. Nur noch wenige Gäste waren hier. Einige schliefen auf dem Boden zwischen leeren Flaschen und Kleidungsstücken, die sie in

der Hitze der Nacht weggeworfen hatten. Im Hintergrund lief „After Dark" von Tito & Tarantula. Jonathan schloss die Augen – die Tänzerin „Salma Hayek" vor seinen Augen – wie sie sich sinnlich zu den rhythmischen Klängen bewegte. Diese zugleich düsteren und erotischen Bilder zogen ihn in den Bann, während das Stück aus den Boxen in ihm widerhallte. Er bestellte mechanisch ein Kontergetränk, um den „Nachbrand" seines maßlosen Alkoholkonsums zu stillen. Gerade als er das zweite bestellen wollte, hielt ihn eine freundliche Hand davon ab.

Wer wagte es, ihn auszubremsen? Ein cooler Typ lächelte ihn freundlich an. Jonathan spürte sofort, dass dieser kein gewöhnlicher Gast war, sondern jemand mit einer wichtigen Botschaft für ihn. Der Fremde reichte ihm eine Hand: „Ich heiße Jim" – „Angenehm, Jonathan." Ein Gefühl sagte Jonathan, dass dieser Jim, eine Art „personifizierte Vernunft" darstellen könnte.

Nachdem Jim ihn fragte, was er an einem so sonnigen Tag hier unten verloren habe, erklärte Jonathan sein Vorhaben, den Turm bis nach oben zu besteigen, um von dort seinen weiteren Weg nach Hause zu entdecken. Doch Jim erklärte ihm, dass wahre Erkenntnis nicht das Besteigen von Türmen erfordere, sondern vielmehr das Innehalten und das Lauschen auf die inneren Stimmen der Vernunft. Weiter fügte er hinzu, dass die spannendsten Reisen oft nicht in die Weiten der Welt führen, sondern eine Entdeckungsreise ins eigene Innere darstellen.

Darüber hinaus stellte er klar, dass man über den Wolken keinen Weg in der Ferne sehen könne – das funktioniert mit beiden Füßen auf festem Boden schon besser. Jim offenbarte Jonathan, dass er früher häufiger hier unten gewesen sei und nun nur noch gelegentlich vorbeischaue, nunmehr in seiner Rolle als Repräsentant der Vernunft. Er berichtete von seinen eigenen Kämpfen mit Alkohol, Tabak und anderen Süchten und wie es ihm gelungen sei, sich aus dem Strudel des wiederkehrenden Leids zu befreien. Jim ermutigte Jonathan mit den Worten, dass auch er diesen Weg beschreiten könne, sofern er dies wirklich wolle.

Plötzlich kam Jonathan ein Gedanke, der ihn unmittelbar zum Lachen brachte. Jims Gesicht kam ihm irgendwie bekannt vor – doch seine Vermutung schien absurd. Vielleicht lag es an dem Song im Hintergrund – oder war es tatsächlich eine Ironie des Schicksals? Jonathan konnte sein Lachen nicht unterdrücken; es war ihm peinlich, da er spürte, dass Jim seine Gedanken lesen konnte. Jim lächelte breit und sagte zu Jonathan: „Damals stand ich vor einer Entscheidung – entweder ein ‚Hosianna in den Wolken‘ oder die Arbeit hier im Turm. Rückblickend bot mir meine Karriere als Rockmusiker die ideale Basis für diese Position. Die Tage des ziellosen Versumpfens sind für mich vorbei – ich habe damit abgeschlossen! Nichts davon zieht mich mehr an; ich habe Wichtigeres zu tun."

Jim ergänzte: „Lieber Jonathan, es wird Zeit. Folge mir – lass uns an die frische Luft gehen, und ich möchte dir etwas zeigen. Du kannst mir vertrauen."

Als sie die Bar verließen, erklang im Hintergrund ein bekannter Song: ‚This is the end, my only friend‘ von The Doors. In diesem Moment verschwanden Jonathans letzte Zweifel. Es war tatsächlich Jim Morrison – höchstpersönlich – unglaublich.

Gemeinsam verließen sie den Schatten des Turmes und steuerten auf einen uralten Brunnen aus Stein zu, der eine unvergleichliche Reinheit verkörperte. Jonathan schöpfte mit einem Holzeimer kristallines Wasser aus der Tiefe und trank. Er spürte sofort die rei-

nigende Wirkung des Brunnenwassers in seinem gesamten Körper. Er richtete seinen Blick empor zum Himmel, wo sich ein glasklarer Sonnenaufgang in einem Spektrum von zarten Rosatönen über das Firmament spannte. Jim gönnte sich ebenfalls einen Schluck des belebenden Wassers und lud Jonathan mit einer Geste freundschaftlicher Verbundenheit ein, ihn auf einem Abschnitt seiner Reise zu begleiten. Er müsse nur kurz einen Abstecher nach Hause machen – Jonathan könne sich gerne anschließen und mit ihm hinaufkommen.

Als Jim eine beinahe unsichtbare Tür im Eingangsbereich des Turmes öffnete, staunte Jonathan über einen uralten, wunderschönen historischen Aufzug. Dieser erinnerte an die prächtigen Personenaufzüge, wie sie einst in den alten Herrschaftshäusern von Paris oder Wien zu finden waren – ein wahres Juwel aus vergangenen Zeiten.

Als sie oben ankamen, schwang eine Tür auf und gab den Blick frei auf einen beeindruckenden Raum, der einem Schatzkästchen aus den 70er Jahren glich. Bücherregale, prall gefüllt mit literarischen Kostbarkeiten, zogen sich entlang der Wände. Daneben reihten sich Regale, die bis zur Decke mit Schallplatten bestückt waren – Hunderte von ihnen, ein Kaleidoskop aus Rock, Jazz und Klassik.

In einer abgelegenen Ecke des Raumes befand sich eine professionelle Bühne – Retro-Gitarren lehnten an einem riesigen Verstärker. An den Wänden waren zahlreiche Gemälde und Fotografien – verborgene Schätze der Kunstgeschichte. Die Sammlung umfasste Meisterwerke von Größen wie Dalí, Picasso, Damien Hirst und reichte bis zu einer monumentalen Kreation von Anselm Kiefer – um nur einige der renommierten Künstler zu nennen. Darüber hinaus stieß Jonathan auf Werke, die sich nicht eindeutig in das Spektrum der zeitgenössischen Kunst einordnen ließen und die scheinbar ihrer Zeit weit voraus waren – in diesem Raum voller Wunder schien einfach alles möglich.

Zwischen all diesen Schätzen standen Fitnessgeräte, welche auf das Streben nach körperlicher Perfektion hinwiesen. Ein Kreis aus

Yogamatten deutete auf Yoga-Stunden mit Freunden hin. Die Küche stand einem exquisiten Gourmettempel in nichts nach – eine Auswahl an erlesenen französischen Weinen und professionellen Küchengeräten deutete darauf hin, dass hier nicht nur Kunst, sondern auch kulinarische Meisterwerke mit Leidenschaft kreiert wurden.

In diesem magischen Raum über den Wolken, wo die Zeit keine Rolle zu spielen schien, waren die Wände mit Erinnerungen an vergangene Zeiten und der Zukunft tapeziert.

Hier wohnte Jim – die Rocklegende schlechthin, nun ein Lehrer der Vernunft. Unglaublich!

Jonathan bat Jim, ihm zumindest einen Song zu spielen. Nach einem Moment des Zögerns gab Jim dem Wunsch nach und sprang mit athletischer Eleganz auf die Bühne. Jim Morrison aktivierte den Verstärker, und ein leises Brummen durchzog den Raum – vielleicht das Vorspiel zu einem musikalischen Sturm? Die mächtigen Lautsprecher erwachten zum Leben, wie schlafende Riesen, die von einem Zauberer geweckt wurden.

Jim griff nach einer alten Gitarre und legte mit flinken Griffen ein Solo hin, dessen Klang durch den „Turmraum" hallte wie Funken eines lodernden Feuers. Sein Körper bewegte sich elegant und ekstatisch; er gab alles – dann erhob sich plötzlich seine Stimme über die Musik.

Der Song war Jonathan bekannt: „The End" von den Doors. Er kannte den Originaltext des Liedes; ein Horrortrip – über Kriege, Tod und Selbstzerstörung. Doch der Text, den er jetzt hörte, war neu – remastert. Wie ihm später auch Jim bestätigte, ging es in diesem Text im übertragenen Sinne um ein fiktives Schachspiel zwischen zwei Freunden – „The End" bezog sich auf das Ende dieser Schachpartie.

Jim wirbelte herum und lieferte eine spektakuläre Vorstellung voller Leidenschaft. Jonathan ließ sich von der kraftvollen Energie des Sounds mitreißen. Er gab sich voll und ganz der Musik hin – ein Tanz der Befreiung – und tanzte ekstatisch bis zur völligen Erschöpfung. Dabei schwitzte Jonathan den letzten Rest Alkohol und Nikotin der vergangenen Nacht aus seinem Körper – eine Reinigung durch Rock 'n' Roll.

Als die Musik ausklang, schlug ihm Jim kumpelhaft auf die Schulter und sagte: „Give me five! Das geht doch auch ohne Alkohol und Co., oder?" Es war pure Ekstase – unverfälscht und intensiv. Jonathan fühlte sich frei, befreit von allen überflüssigen Giften seiner letzten Nacht in der Bar im Keller des Turms.

Textauszug:
„The End – Remastered" (Fiktiv ins Deutsche übersetzt)

Im Schachspiel der Freunde, die Neugier entfacht,
Verlangen erwacht, Kampf gegen das Dunkle entfacht.
Wir brechen das Schweigen, trotzen dem Verdrängen,
Sucht und Exzess – wir werden sie sprengen.
Usw.

Bald schon verließen sie gut gelaunt den Turm der Türen und begaben sich auf den Weg. Vertieft in ein tiefgründiges Gespräch, das sich zwischen ihnen entfaltete, diskutierten sie über die Tücken des Lebens – jene ungesunden Eskapaden, die so verführerisch und doch so überflüssig waren. Jonathan lauschte fasziniert Jims Worten, als dieser ihm einen weisen, oft vernachlässigten Rat erteilte: „Lausche wieder mehr den leisen Stimmen deines Inneren, dem Flüstern deiner Vernunft."

Jim fuhr fort: „Lass deine Vernunft erstrahlen wie ein Stern in der Dunkelheit. Sie ist ein treuer Berater und weiser Ratgeber in vielen Lebenslagen – nicht nur dein bester Freund und Coach, sondern auch ein Kompass auf dem Weg zur inneren Balance."

Kurze Pause. „Nimm dir wieder bewusst mehr Zeit, deiner inneren Stimme zu lauschen. Stell sie dir nicht als grauen und mürrischen Mann vor, sondern als lebensfrohen, gut gelaunten Coach, der mit dir gemeinsam durch das Leben tanzt und singt."

Während sie wie alte Freunde dahinschritten, wechselten sich

Momente des Schweigens mit angeregten Gesprächen ab. Jim teilte spannende Geschichten aus der Vergangenheit mit Jonathan, und sie diskutierten über aktuelle Zeitgeschehnisse. So verging der Nachmittag wie im Flug.

Als der Tag sanft in den Abend überging, verkündete Jim schließlich seinen nahenden Abschied: „Es wird Zeit für mich umzukehren. Ich wünsche dir, lieber Jonathan, noch eine intensive und spannende Zeit auf deinem Weg. In der Turm-Bar warten noch andere Seelen auf mich, die meine Unterstützung benötigen", sagte er lächelnd und mit einem Hauch von Ironie in seiner Stimme. „Ohne meinen Dienst könnte dort unten sonst noch alles aus dem Ruder laufen. Mach es gut, mein Freund, and don't forget to rock ‚n' roll." Mit einem Augenzwinkern überreichte er Jonathan zum Abschied eine CD. Auf dem Cover waren drei Musiker zu sehen: Jim am Mikrofon, Fred, der Barkeeper, an der Gitarre und eine Person mit rötlich lockigen Haaren am Schlagzeug, den er nicht kannte. Er reichte Jonathan die Hand und sie umarmten sich. Jonathan bedankte sich herzlich bei Jim und formte ein Victory-Zeichen mit seiner Hand. Er sah Jim noch so lange nach, bis dieser am Horizont verschwand, und flüsterte leise: „Danke, Jim. Danke für alles." Entschlossen schritt Jonathan voran – bereit für sein nächstes Abenteuer und neue Erfahrungen.

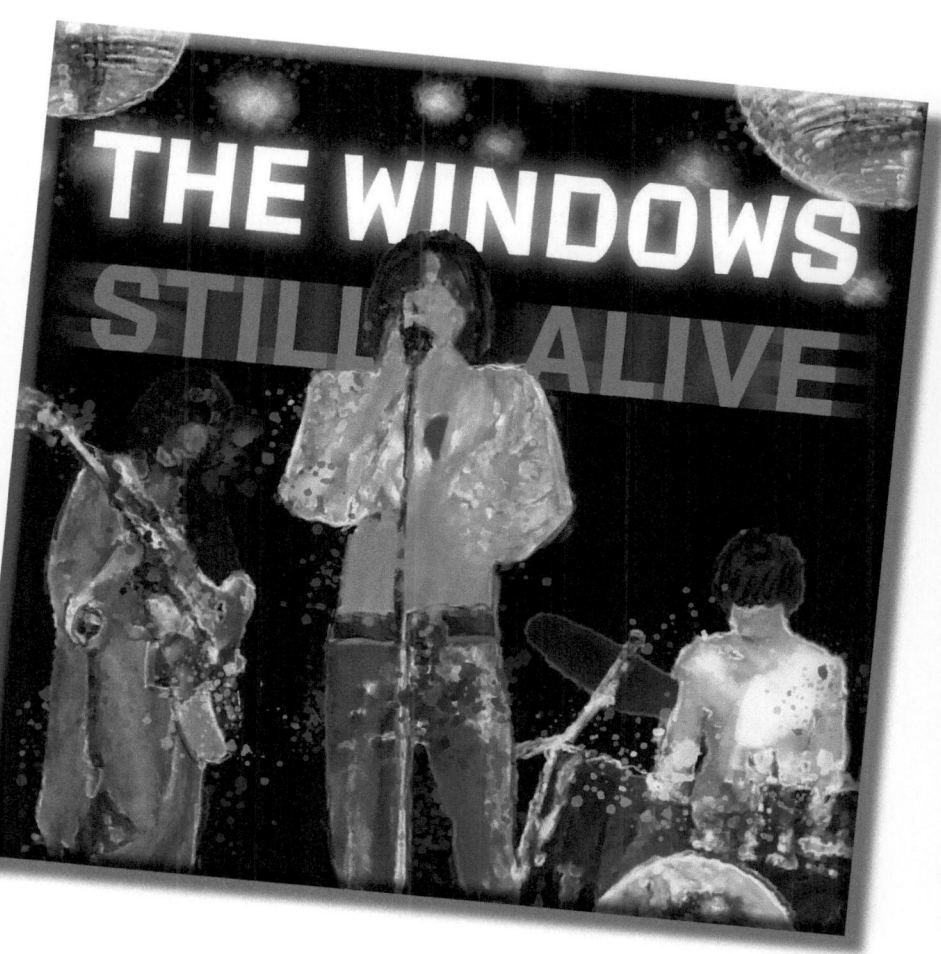

11
Im Fluss der Gelassenheit

Vom Autor persönlich:

Dieses Kapitel befindet sich derzeit noch im Entstehungsprozess. Vielleicht sollte man es aber einfach dabei belassen – in aller „Gelassenheit". Das nachstehende Bild zeigt eine Vision der nahen Zukunft. Die dargestellte Szene in Griechenland entspringt zwar der reinen Fiktion, doch wäre es nicht das erste Mal, dass sich eine Illustration aus dem Reich der Fantasie auch in der Realität manifestiert hätte.

**In diesem Sinne, Jámas,
auf das Leben und die Zukunft, in aller Gelassenheit!**

12
Die Wüste der Weisheit

Jonathan glaubte sich am Ende seiner Reise. Er wusste insgeheim, dass er nur mit den Fingern schnippen musste – und voilà – würde er sich wieder am Ausgangspunkt in seinem Schlafzimmer auf seinem Bett befinden und sein gewohntes Leben leben. Aber vielleicht war er noch gar nicht soweit. Konnte es sein, dass hier noch eine weitere wichtige Lektion auf ihn wartete? Wenn ja, wollte er diese keinesfalls verpassen.

Mit all seinen frisch erworbenen Einsichten und Weisheiten im Gepäck beschloss Jonathan, noch ein paar Tage in diesem Labyrinth zu verweilen. Ihn durchströmte ein grenzenloses Gefühl der Freiheit. Er machte Kehrt und setzte seinen Weg fort.

Auf seinem Pfad, der zunehmend in eine wüstenähnliche Landschaft überging, erwuchs in Jonathan der Wunsch nach einer einfachen und verlässlichen Methode, um alltägliche emotionale Herausforderungen zu bewältigen – eine Art universelle Formel, die ihm die Kraft geben würde, schwierige Situationen in der Zukunft souveräner zu meistern.

Kaum hatte Jonathan diesen Wunsch für sich formuliert, hörte er das unverkennbare Knattern eines Tuk Tuks – des typischen Mopedtaxis aus Asien. Der Fahrer lächelte ihn einladend an und signalisierte mit einer Handbewegung, dass Jonathan einsteigen solle. Ohne zu zögern schwang sich Jonathan auf die Rückbank des kuriosen Gefährts.

Obwohl Jonathan keine Vorstellung davon hatte, wohin die Reise führen würde, vertraute er darauf, dass dieser Ausflug ihm genau das bieten würde, was er benötigte. Die Ungewissheit und Überraschungen waren ihm in diesem Labyrinth mittlerweile wohlvertraut. Er war offen für alles, was das Schicksal auch immer für ihn bereit hielt.

Die Fahrt begann rasant. Jonathan spürte ein prickelndes Gefühl der Lebendigkeit im ganzen Körper, während der heiße Fahrtwind ihm ins Gesicht blies, seine Haare wild durcheinanderwirbelte und ihm ein zufriedenes Lächeln ins Gesicht zauberte. Interessiert wandte er sich seinem freundlichen Fahrer zu und klopfte ihm auf die Schulter: „Wie heißt du eigentlich?" Der Fahrer antwortete mit einem Lächeln: „Ku Riosi Ti."

„Sehr angenehm, ich bin Jonathan", erwiderte er. Jonathan spürte sofort eine starke Verbindung zu Ku Riosi Ti und war gleichzeitig sehr gespannt, mehr über ihn und ihre ‚Fahrt ins Blaue' zu erfahren.

Jonathan befand sich förmlich in einem Zustand der Euphorie. Warum auch nicht? Mit all den Erfahrungen, die er in den letzten Tagen im Labyrinth gewonnen hatte, konnte er voller Zuversicht sein. Auf dem Rücksitz entdeckte Jonathan einen zurückgelassenen Hut – ein Cowboyhut, der verdächtig nach dem Hut von Indiana Jones aussah. War dies ein Zeichen, dass sie sich auf einer Schatzsuche befanden? Er setzte den Hut auf und summte die Melodie des Abenteuerfilms „Jäger des verlorenen Schatzes". Es war jene Melodie, die immer dann ertönte, wenn Indiana Jones mal wieder knapp dem Tod entkam:

dididi dididi - dididi - dididi dididi - dididi -

Jonathan nutzte die Zeit während der Fahrt, um mehr über seinen Tuk-Tuk-Fahrer herauszufinden. Er gab den Namen „Ku Riosi Ti" in sein Handy ein und suchte nach dessen Bedeutung. Zunächst erschien eine kryptische asiatische Schrift auf dem Bildschirm, die ihn nicht weiterbrachte.

อยาก รู้ อยาก เห็น

Bei einem erneuten Versuch offenbarte das Display jedoch das Wort „Curiosity" – Neugier.

Dass er nicht gleich selbst darauf gekommen war, lag wohl an der asiatischen Aussprache seines Fahrers. Jonathan philosophierte über die Neugier in seinem Geist als Schlüssel zu Abenteuern – eine positive Kraft, die ihn zu neuen Ufern führte. Mit einem zufriedenen Lächeln lehnte sich Jonathan zurück, dachte bei sich, wie wunderbar doch alles sei, und genoss die Fahrt.

Die Wüste entfaltete sich vor Jonathan als ein grenzenloses Sandmeer, gezeichnet vom Wind, der sanfte Bögen und scharfe Grate in die Landschaft zeichnete. Der Himmel – ein strahlendes Blau, so intensiv und klar, dass es fast zum Berühren nah schien. Die Sonne tauchte die Dünen in flüssiges Gold, ließ sie leuchten und schillern wie eine endlose Leinwand aus Licht und Schatten. Die Sandwellen trugen die Erzählungen von Vergänglichkeit und Beständigkeit und schienen tief unter ihrer Oberfläche Geheimnisse zu verbergen.

„Ku Riosi Ti", wie ihn Jonathan von nun an nannte, hielt plötzlich an, und er stieg aus. Mit einer ausladenden Geste verkündete er auf Französisch: „Nous sommes arrivés" – „Wir sind angekommen".

Er reichte Jonathan die Hand und führte ihn zu einem imposanten Wüstenzelt. Mit offenem Mund betrat Jonathan den prächtigen Innenraum, der wie aus einem Märchen entsprungen schien. Die Luft war durchdrungen von einem betörenden Duft nach exotischen Gewürzen und frisch aufgebrühtem Pfefferminztee. Er wies Jonathan einen Platz auf einem der unzähligen bunten Kissen zu, die auf einem prachtvollen Teppich ausgebreitet waren – gewoben aus Weisheit und Staunen. Jonathan fühlte sich wie in einem riesigen Klassenzimmer aus Tausendundeiner Nacht. Er ließ sich nieder und konnte seinen Blick nicht von der prächtigen Ausstattung um ihn herum abwenden. Die Wände des Zeltes schienen mit Geschichten und Legenden verziert zu sein, gefertigt von Künstlern in einem Handwerk, das über Generationen hinweg verfeinert wurde. Es war, als ob er in eine andere Welt eingetaucht wäre – eine Welt voller Schönheit, Magie und geheimnisvoller Erzählungen. Die Atmosphäre war durchdrungen von einer mystischen Aura, die ihn in ihren Bann zog und seine Sinne verzauberte.

Sein Fahrer war von mittlerer Statur, mit wildem, lockigem Haar und lebhaften Augen, die jugendlich funkelten. Sein Mantel schimmerte in allen Farben wie ein Kaleidoskop und zog unweigerlich alle Blicke auf sich. Ihn umgab eine Aura von Geheimnis und Abenteuerlust, als ob er Geschichten aus fernen Ländern und längst vergangenen Zeiten in sich trüge.

Als er Jonathan einen süßen Minztee reichte und sich ihm gegenüber setzte, begann er in fließendem Deutsch zu sprechen. Seine Stimme war warm und melodisch und vermittelte eine tiefe Weisheit und reichhaltige Lebenserfahrung. Jonathan lauschte fasziniert seinen Worten. „Wie du schon vermutet hast, bin ich tatsächlich die Neugier in Person. Ich habe deinen letzten Wunsch vernommen: Bevor du nach Hause zurückkehrst, möchtest du eine Art universelle Formel, die dir die Kraft gibt, schwierige Situationen in der Zukunft souveräner zu meistern. Nun ist es an mir, dir diesen Wunsch zu erfüllen."

Jonathan hörte aufmerksam zu, als sein Lehrer begann, ihm über die Macht der Neugierde zu erzählen. Ku Riosi Ti stand auf und breitete seine Arme aus, als wolle er die Welt umarmen. Mit einer Stimme, die Zeit und Raum zu durchdringen schien, sprach er:

„Die Kraft der Neugier ist unermesslich. Sie entfacht den Drang, das Unbekannte zu erforschen und das Verborgene ans Licht zu bringen. Sie ist der Funke, der die Flamme des Wissensdurstes nährt und uns dazu bringt, stets neue Horizonte zu erkunden. Wenn man sie auf ein Problem welcher Art auch immer richtet, ist sie oft der Schlüssel zu den besten Lösungen und weisen Erkenntnissen."

Ku Riosi Ti betonte weiter: „Seit dem Beginn der Menschheit hat die Neugier unermessliche Möglichkeiten eröffnet und uns stets zu neuen Entdeckungen inspiriert." Er webte ein Netz aus Geschichten – von den prähistorischen Höhlenzeichnungen bis hin zu bahnbrechenden wissenschaftlichen Durchbrüchen. „Die Neugier war stets der Motor für Fortschritt und führte uns über unsere eigenen Grenzen hinaus."

Nach einer kurzen Pause, in der Ku Riosi Ti seinen Tee mit sicht-

lichem Genuss trank und Jonathan mit einer Kopfbewegung emp-
fahl, es ihm gleichzutun, da dieser ganz vergessen hatte, von seinem
eigenen Tee zu trinken, berichtete er weiter:

„Herodot, der Vater der Geschichtsschreibung, sah in der Neugier das zentrale Element seiner Arbeit. Die ionischen Naturphiloso-
phen betrachteten sie als den Schlüssel zur Aufdeckung der Geheimnisse des Seins. Und selbst Platon verstand sie als Grundstein aller
philosophischen Bestrebungen."

Ku Riosi Ti zeichnete das Bild von Entdeckern und Denkern:
„Ihre Neugier führte sie zu unerwarteten Durchbrüchen. Kühne
Seefahrer wagten sich einst auf unbekannte Meere, und Wissen-
schaftler unserer Zeit durchforsten den Kosmos auf der Suche nach
Antworten auf alte Fragen."

Jonathan verstand nun immer mehr, dass die Neugier mehr als
nur eine menschliche Eigenschaft ist; sie ist die Quelle von Inspiration und Wachstum. Er erkannte, dass sie die einfachste Lösung für
viele Probleme darstellt – ein „psychologisches Schweizer Messer"
für alle Fälle.

Ku Riosi Ti erklärte, dass die Neugierde tatsächlich ein kurzer
und sicherer Weg zu mehr Liebe, Glück und Freude sei. Er betonte, dass Neugierde oft fälschlicherweise als negative Eigenschaft in
Kinderbüchern dargestellt werde. Tatsächlich sei es jedoch die Neugierde, die wie ein Schlüssel zur Selbstentdeckung und persönlichen
Entwicklung funktioniere. Sie helfe uns dabei, die Welt mit offene-
ren Augen zu sehen und unsere Kreativität zu entfesseln. Darüber
hinaus könne sie uns inspirieren, über uns selbst hinauszuwachsen
und neue Horizonte zu erkunden."

Nachdem Ku Riosi Ti seine Weisheiten über die Macht der Neugierde geteilt hatte, gab er Jonathan eine Aufgabe: „Stell dir vor, wie
du mit Neugierde an die Lösung eines Problems herangehen würdest." Diese Übung sollte Jonathan verdeutlichen, wie die Neugierde
in der Praxis bei schwierigen Situationen hilft. Durch diese einfa-
che Übung wurde Jonathan klar, dass Neugierde es tatsächlich ermöglicht, jedes Problem mit einem frischen Blick und frei von Vor-

urteilen zu betrachten. Sie verwandelt jede Herausforderung in eine spannende Gelegenheit, neue Pfade zu entdecken und Lösungen zu erschließen. Neugier schärft die Sinne und den Verstand, ähnlich einem wohlgeschliffenen Schwert. Sie unterstützt dabei, einen Schritt zurückzutreten, sich von einer allzu engen Identifikation mit dem Problem zu lösen und somit klarer zu sehen.

Langsam wurde es Nacht, die Sterne leuchteten bereits am blauschwarzen Himmel. Jonathan richtete sich ein bequemes Schlaflager unter dem Sternenhimmel ein. Als er in der Nacht einmal aufwachte, hatte er das Gefühl, mitten im Universum zu schweben – umgeben von Millionen von Sternen. Am nächsten Morgen wandte sich Jonathan mit einem tiefen Gefühl der Dankbarkeit an Ku Riosi Ti: „Danke für diese kostbaren Unterweisungen. Ich werde diese Lehre in meinem Herzen tragen." Ku Riosi Ti lächelte zurück und nickte zustimmend. Sie tranken noch schweigend einen duftenden Tee und verabschiedeten sich wie alte Freunde.

Als Jonathan das Zelt verließ, wusste er, dass es nun Zeit war, nach Hause zurückzukehren, mit dem Gedanken:

„Danke, Labyrinth. Danke, dass ich hier sein durfte – danke für alles."

Teil 2
Alltag

13
Die Rückkehr

Jonathan stand an der Schwelle zu der Welt, die er zurückgelassen hatte, doch er war nicht mehr derselbe. Seine Reise durch das „Labyrinth der verlorenen Gefühle" hatte ihn verändert. Tief in seinem Inneren trug er nun die Weisheiten und einen tiefen Frieden aus den magischen Begegnungen und Erfahrungen seiner Odyssee im Labyrinth. Die Sonne neigte sich dem Horizont zu und malte lange Schatten auf den Boden – Schatten, die wie Erinnerungen waren, verzerrt von der Zeit. Jonathan spürte das Gewicht all seiner Erfahrungen nicht als Last, sondern als Stärke; sie drückten ihn nicht nieder, sondern gaben ihm eine Leichtigkeit und Kraft.

Er überschritt eine unsichtbare Linie, die das Labyrinth von seiner alten, gewohnten Welt trennte. Die Geräusche und Farben empfingen ihn wie alte Freunde – vertraut, aber doch irgendwie fremd. Die Menschen um ihn herum eilten vorbei, in sich selbst versunken und ihren unsichtbaren Pfaden folgend. Mehr oder weniger abwesend und versunken waren sie unterwegs in ihren Labyrinthen aus Freude und Leid, ihren Wünschen und Sorgen.

„Was bringe ich in diese Welt mit?", fragte sich Jonathan. „Mehr Mitgefühl", flüsterte seine innere Stimme, „und größeres Verständnis." Er sah nun die Welt mit anderen Augen, mit einer Fähigkeit, hinter die Fassaden und Rollen seiner Mitmenschen blicken zu können. Jedes Gesicht erzählte eine Geschichte; jedes Herz schlug im Rhythmus eines verborgenen Kampfes.

Jonathan begann zu gehen – zuerst langsam, dann mit festeren Schritten. Er ging nicht zurück in sein altes Leben; er ging vorwärts in ein neues Kapitel seines Daseins. Seine Aura strahlte eine tiefe Ruhe aus, die sogar einen Passanten innehalten ließ, ergriffen von einem Gefühl, das er aber nicht exakt deuten konnte.

Jonathans Weg führte ihn zu einem Park inmitten der Stadt.

Hier setzte er sich und beobachtete das Spiel des Windes in den Blättern der Bäume. „Was habe ich gelernt?", fragte er sich. Er hatte das Wesen der Liebe erkannt, seine Leidenschaft gebändigt und sich selbst im Spiegel des Seins erblickt. Vielleicht war es seine Aufgabe, das Licht, das er in den Schatten des Labyrinths gefunden hatte, weiterzugeben und zu teilen. Jonathan spürte intuitiv, dass seine Reise nie wirklich zu Ende sein würde; sie würde immer neue Formen annehmen.

STOP!

Plötzlich wurde ihm etwas Entscheidendes und Grundlegendes klar, vielleicht sogar das Wichtigste, das er gelernt hatte: Er hatte wieder erkannt, wie wichtig es ist, auf seine innere Stimme zu hören und ihr zu vertrauen. Er hatte gelernt, die Signale seines Körpers und seiner Seele zu respektieren und für sich zu nutzen. Und wie existenziell es war, seine Intuition als wertvolle Quelle der Weisheit anzuerkennen.

Zudem wurde ihm bewusst, dass man besonders in herausfordernden Zeiten auf seine Intuition vertrauen kann, um kluge Entscheidungen zu fällen. Er nahm sich vor, ab sofort alles daran zu setzen, seine innere Stimme zu stärken und sie deutlicher wahrzunehmen. Gerade in schwierigen Momenten wollte er sich darauf fokussieren, seiner Intuition oder seinem Bauchgefühl zu folgen, anstatt von negativen Einflüssen überwältigt zu werden.

Kaum war Jonathan wieder zuhause, verfasste er einen Erinnerungszettel und heftete ihn mit einem Magneten an die Tür seines Kühlschranks.

REZEPT

In guten wie in schwierigen Zeiten Geduld mit sich selbst üben und auf die innere Stimme sowie das Bauchgefühl vertrauen.
Dosierung: dreimal täglich, bis zum letzten Atemzug.

Jonathan saß in seiner Küche und starrte auf den Kühlschrank, als wäre er ein Orakel. Vor ein paar Tagen hatte er sich ein Rezept notiert, das ihn daran erinnerte, mehr auf seine innere Intuition zu hören. Doch er musste sich eingestehen, dass dies nicht so einfach war. Als Maler und Illustrator war seine wahre Leidenschaft das Visuelle; Kalendersprüche und Lebensweisheiten in geschriebener Form waren nie sein Fall.

Um sich zu entspannen und mit dem Phänomen der inneren Stimme kreativ auseinanderzusetzen, ging Jonathan in sein Atelier. Dort, umgeben von Farben und Leinwänden, machte er sich noch einmal bewusst, was für ihn in seiner Kunst von Bedeutung war – sein Markenzeichen, sein Merkmal. Subtile, doppeldeutige Bilder oder Gedichte waren nicht sein Ding. Er war ein Künstler der klaren Worte und verbindlichen Aussagen. Er liebte die Eindeutigkeit eines Kunstwerks. Für ihn schlossen klare Aussagen in der Kunst keineswegs aus, genug Raum für die Interpretationen der Betrachter zu lassen.

Tatsächlich war er sogar der Überzeugung, dass Kunst selbst bei größter Mühe während des Schaffens kaum in der Lage war, alle Interpretationsmöglichkeiten einzuschränken – unsere Natur und die Realität waren einfach zu komplex und schwer fassbar im Detail. Zumindest fiel ihm spontan kein Künstler ein, dem dies vollständig gelungen wäre. Selbst bei exakt formulierten oder kreierten visuellen Botschaften blieb seiner Ansicht nach immer noch ausreichend Raum für die Betrachter.

Jonathan sah es als Ansporn, klare und verständliche Botschaften in seinen Bildern zu transportieren. Darüber hinaus war er auch ein Freund von seriellen fast penetranten Wiederholungen und überzeugt davon, dass festgefahrene Denkmuster unserer menschlichen Psyche manchmal mit „Hammer und Amboss" bearbeitet werden mussten, um unser Verhalten langfristig zu verändern.

Für Jonathan lag die Qualität eines Kunstwerks nicht nur im subjektiven Empfinden, sondern auch im objektiven Verhältnis von Aufwand und Aussagekraft. Er bewunderte Werke aller Art, die mit geringem Aufwand eine starke Wirkung erzielten. Arbeiten hingegen, die trotz großen Aufwands flach und ausdruckslos blieben, fand er uninteressant.

Es dauerte eine Weile des Nachdenkens und Skizzierens, aber dann kam es plötzlich: Ein Lächeln breitete sich auf seinem Gesicht aus und durchströmte seinen ganzen Körper. Die Idee eines Bildes allein reichte aus, um seine innere Intuition zu wecken. Sofort griff er zum Zeichenblock und fertigte eine Skizze an – einen Leuchtturm auf einem Oberkörper –, von der er intuitiv wusste, dass dieses Symbol für ihn wunderbar funktionieren würde. Allein die Vorstellung inspirierte ihn zutiefst und brachte ihn wieder in direkten Kontakt mit seiner Intuition und seinem Bauchgefühl.

14
Trotz aller Widerstände

„Kraft aus Kritik schöpfen: Eine gute Motivation für Künstler"

Jonathan stand vor dem Spiegel und betrachtete sein Gesicht. Seine Augen funkelten vor Energie und Entschlossenheit, die er auf seiner Reise durch das Labyrinth der Gefühle gewonnen hatte. Er sprühte vor Tatendrang und Motivation, die gewonnenen Erkenntnisse in sein geplantes Gesellschaftsspiel einfließen zu lassen.

Sein Blick fiel auf einen Stapel Papiere auf seinem Ateliertisch. Es handelte sich um Notizen und Skizzen, die er noch vor seiner Reise ausgearbeitet hatte. Die Seiten waren gefüllt mit Ideen und Inspirationen, die nun darauf warteten, zum Leben erweckt zu werden. Jonathan lächelte und griff nach einem der Blätter. Es war der Entwurf für eine einleitende Botschaft, welche die Spieler in die passende Stimmung versetzen und sie auf eine abenteuerliche Reise durch das Labyrinth ihrer eigenen Seelen vorbereiten sollte. Jonathan begann zu lesen: „Willkommen in einer Welt voller Emotionen und Herausforderungen. Tauche ein in das Labyrinth der verlorenen Gefühle und entdecke die Tiefen deiner Emotionen. Hier wirst du Angst und Mut, Freude und Trauer, Hoffnung und Verzweiflung erleben. Sei gewarnt, denn diese Reise wird dich fordern und dich zeitweise an deine Grenzen bringen. Nur diejenigen, die den Mut haben, sich ihrer inneren Welt zu stellen, werden bestehen können." Die Worte hatten eine unerwartete Kraft, die Jonathan überraschte. Entschlossen griff er nach einem Skizzenblock und begann, die nächsten Schritte für die Entwicklung des Spiels zu planen. Er wusste, dass es eine Herausforderung werden würde, aber er war bereit, die nötige Mühe und Hingabe zu investieren. Fest entschlossen, das Spiel zu einem intensiven Erlebnis zu machen, wollte Jonathan die Spieler fesseln und inspirieren, ihre Gefühlswelt zu erforschen.

Er machte eine komplette Wand in seinem Atelier frei – ein symbolischer Akt. Die großen Gemälde, Skizzen und Zeichnungen wurden sorgfältig verpackt und eingelagert. Es kam einem Reinigungsritual gleich, welches viele Künstler vor einer neuen Schaffensphase durchführten.

Die weiße Wand war übersät mit kleinen Löchern, die Jonathan jedoch nicht ausbesserte. Im Gegenteil, er liebte Wände, an denen Kunst experimentiert wurde; diese verbliebenen Löcher oder Risse erzählten Geschichten vergangener Kreativität. Er könnte sogar in einem Ausstellungsraum nur die Löcher seiner Vorgänger präsentieren – natürlich mit einem Augenzwinkern, um die Betrachter zum Nachdenken anzuregen. Jonathan setzte sich vor die leere Wand, einerseits erfüllt von Freiheit und gleichzeitig etwas beunruhigt. War es die Angst vor dem Neuen oder die grenzenlose Freiheit, die ihn nervös machte? Um die Spannung zu lösen, brauchte Jonathan Musik. Keine klassische oder entspannende Musik – er brauchte etwas, das ihn antrieb und inspirierte: Rock and Roll. Er schaltete das Radio ein, Radio Bob!, und „Be Good to Yourself" von Journey erklang. Das gab ihm die Kraft und Lockerheit, die er jetzt dringend brauchte. Dann hatte Jonathan eine gute Idee: Er würde die Wand in eine riesige Schultafel verwandeln, um auf ihr wie ein Wissenschaftler ganz frei zu experimentieren. Entwürfe und Skizzen ließen sich leicht wieder entfernen und ersetzen – eine kreative Spielwiese für seine Ideen. Er griff nach einer Dose grüner Chalkboard-Farbe aus seinem umfangreichen Farbsortiment, welche die Wand mit den Eigenschaften einer echten Tafel simulierte. Voller Elan stürzte er sich in die Arbeit. Der Kern des Spiels sollte in der Konfrontation mit verdrängten Ängsten und unterdrückten Gefühlen liegen, die uns Menschen behindern. Jonathan wollte den Spielern ermöglichen, diese Emotionen ans Licht zu bringen und besser zu verstehen, um sie so zu transformieren und positive Veränderungen in ihrem Alltag herbeizuführen.

Es war eine Reise, die nicht nur die Spieler herausfordern würde, sondern auch ihn selbst. Er wusste, dass es schwierig werden würde, aber er war bereit, sein Bestes zu geben und bei Bedarf nicht zu zögern, Unterstützung einzuholen. Mit jedem Tag entwickelte er das Spiel weiter und verfeinerte es. Unermüdlich arbeitete er an den Details, um sicherzustellen, dass jede Karte, jede Aufgabe und jedes Element die Spieler inspirieren und das Potenzial haben könnte, sie zu öffnen. Natürlich gab es auch Momente des Zweifels, in denen er sich fragte, ob das Spiel wirklich etwas bewirken könnte und ob es überhaupt Sinn machte. Er war sich bewusst, dass nicht jeder seine Vision teilen oder interessiert sein würde. Es würde natürlich auch Menschen geben, die das Spiel nicht verstehen oder ablehnen würden, aber davon ließ er sich nicht abhalten. Er war der Ansicht, dass wenn man etwas aus tiefstem Herzen unternimmt, man sich von Kritik nicht entmutigen lassen darf. Jonathan war bereit, gegen den Strom zu schwimmen und für das zu kämpfen, was er für richtig hielt. Er erinnerte sich immer wieder gerne an die Begeisterung und das Feuer in den Augen der Menschen, denen er von seinem Projekt erzählt hatte. Diese Erinnerung gab ihm die Kraft, weiter an seinem Projekt zu arbeiten – gerade denjenigen zum Trotz, die meinten, er solle es besser lassen. **Diese kritischen Personen konnten von ihm aus ihre eigenen Visionen und Träume ignorieren; für ihn als Künstler war ihre Skepsis nur noch zusätzliche Motivation.**

Spielfiguren

Jeder Spieler wählt eine Spielfigur aus, die eine
Person symbolisiert, die ihre Gefühle besser
verstehen möchte.

36 Aktions-Karten

36 Situations-Karten

36 Emotions-Karten

Herausforderungs karten

Stellen Hindernisse dar, die die Spieler
überwinden müssen, um im Spiel
voranzukommen.

Spielziel

Das Ziel des Spiels ist
und alle Gefühle im S
glückliches Leben zu

Spielbrett

Das Spielbrett stellt ein Labyrinth dar,
das verschiedene emotionale Herausforderungen
und Hindernisse repräsentiert.

Würfel

zieht seine Spielfigur entsprechend der gewürfelten
Zahl auf dem Spielbrett vorwärts. Feld mit einer
Bewusstseinskarte. Er zieht eine Karte und liest
die darauf stehende Frage vor.

Bewusstseinskarten

enthalten Fragen und Anregungen, die den
Spielern helfen, sich bewusst zu werden
und ihre Gefühle besser zu verstehen.

arte Achtsamkeit

nthalten Achtsamkeitsübungen und
editationen, die den Spielern helfen,
n Moment zu sein und sich auf ihre
Gefühle zu konzentrieren.

as Labyrinth zu durchqueren
u erkunden, um ein
!

15
Eine klare Linie

„Die Kraft der Universellen Liebe:
Ein Ansatz jenseits von Spiritualität und Esoterik"

Jonathan wollte in Sachen Lebensphilosophie niemandem zu nahe treten, hielt es aber trotz der Sensibilität des Themas für wichtig, darüber zu schreiben. Vielleicht auch, um sich selbst zu positionieren und Klarheit zu schaffen. In seiner 25-jährigen Tätigkeit als Yoga- und Meditationslehrer hatte er festgestellt, dass manchen Menschen ein gesundes Maß an Spiritualität sehr guttat, während andere fast gänzlich darauf verzichten konnten. Seinen Erfahrungen nach gab es einen Kompromiss, mit dem alle Teilnehmer gut klarkamen: die Philosophie der „Universellen Liebe", die man alternativ auch als „allgemeines Mitgefühl" bezeichnen könnte.

Jonathan grenzte die „Universelle Liebe" von vorbelasteten Begriffen wie Spiritualität oder Esoterik ab. Für ihn war Spiritualität ein Überbegriff für religiöse Praktiken, während Esoterik spezielles Wissen für Eingeweihte wie Astrologie oder Tarot bezeichnete. Die „Universelle Liebe" hingegen war eine sehr funktionale Lebenseinstellung und umfasste pragmatische Nächstenliebe sowie eine sehr tolerante Grundeinstellung gegenüber allen Menschen. Sie schloss auch eine energetische universelle Verbindung aller Lebewesen und der gesamten Natur mit ein. Praktische Übungen wie Achtsamkeitstraining, Meditation und tiefe Naturverbundenheit waren für Jonathan ebenfalls Teil dieser Philosophie.

In den folgenden Kapiteln ging es Jonathan aber in erster Linie darum herauszufinden, ob die Weisheiten aus dem „Labyrinth der verlorenen Gefühle" auch im realen Leben und Alltag bestehen und helfen können.

16
Die Begegnung am Fluss

„Inspiration für heitere Gelassenheit"

Seit Jonathan das „Labyrinth der verlorenen Gefühle" hinter sich gelassen und wieder den vertrauten Pfad seines Alltags betreten hatte, waren einige Wochen vergangen. Der Frühling breitete sein buntes Tuch aus Blüten und Düften aus, und es schien, als würde die Welt im Einklang mit seinem inneren Rhythmus pulsieren. Jeder Lufthauch war durchtränkt mit der Süße der Hoffnung und dem Zauber des Neubeginns.

Während er das Flussufer entlangschlenderte, trottete Max, sein treuer vierbeiniger Freund, an seiner Seite. Das Wasser fing die Strahlen der aufgehenden Sonne ein und ließ sie über seine Oberfläche tanzen wie flüssiges Gold. Max hüpfte unbekümmert umher, seine Nase im Frühlingswind, mit gespitztem Ohr für jedes geheime Flüstern des erwachenden Tages. Doch plötzlich zerschnitt ein scharfer Ton die Stille des Morgens. Ein Ehepaar trat an Jonathan heran – ihre Gesichter verzerrt, ihre Worte scharf. „Kontrollieren Sie Ihren Hund!", schrie die Frau, während ihr Begleiter drohend hinzufügte: „Wir könnten Sie anzeigen!"

Max hatte sich ihnen lediglich mit einer freundlichen Neugierde genähert, ohne einen Funken Aggressivität in seinem sanften Wesen. Und doch stand das Paar aufgebracht da, als hätte ihnen das Schicksal selbst eine tiefe Ungerechtigkeit zugefügt. Man hätte meinen können, sie seien von einer antiken Tragödie in unsere moderne Welt gestolpert, so theatralisch schienen sie in ihrer Rolle als Opfer.

Jonathan spürte einen alten Reflex in sich aufsteigen – den Impuls zur Verteidigung, zum Gegenangriff. Sein erster Gedanke war: „Diesen zwei Affen werde ich es zeigen."

Zum Glück beschloss er erst mal einen Moment innezuhalten und ein paar tiefe Atemzüge zur Besinnung zu nehmen – anstatt sich in die Fluten seiner automatischen emotionalen Reaktionen zu begeben. Daraufhin betrachtete er das aufgebrachte Paar vor ihm mit einer Mischung aus Verständnis und einer Prise ironischer Distanz. In diesem Moment wurde ihm wieder etwas Wichtiges klar: Wir Menschen neigen dazu, uns manchmal selbst zum Affen zu machen oder es anderen zu erlauben, dies mit uns zu tun. Jonathan entschied sich dafür, nicht auf den aggressiven Ton des Paares einzugehen. Stattdessen atmete er noch ein paar Mal tief durch – und mit jedem bewussten Atemzug wuchs sein Gefühl von innerer Ruhe und Kraft.

Seine Augen begegneten denen des Paares – nicht herausfordernd, sondern verständnisvoll. „Ich entschuldige mich", sagte er gelassen. „Max wollte nur spielen. Ich versichere Ihnen, er ist harmlos." Die Worte waren schlicht, aber tiefgründig – sie kamen von jemandem, der gelernt hatte, sich selbst zu reflektieren und vernünftig sowie tolerant zu handeln. Das Paar schien für einen Moment verunsichert; Jonathans Reaktion passte nicht in das Muster ihrer Erwartungen. Ihre Wut begann zu bröckeln unter dem sanften Ansturm von Jonathans Empathie.

„Wir... wir hatten schlechte Erfahrungen mit Hunden", gestand der Mann schließlich, seine Stimme nun weicher. Jonathan nickte verständnisvoll und antwortete einfühlsam: „Ich verstehe Ihre Sorge. Es war nicht meine Absicht, alte Ängste zu wecken." Er rief Max zu sich und leinte ihn an – als Zeichen des Respekts für die Gefühle des Paares. Dann blickte er sie direkt an und ergänzte: „Wir alle tragen Narben von schlechten Erfahrungen mit uns. Ob das sinnvoll ist oder nicht, muss jeder für sich selbst entscheiden. Ich jedenfalls respektiere eure Angst." Das Paar sah ihn nun anders an; es war, als hätte Jonathans ruhige Präsenz eine Brücke zwischen ihren getrennten Welten gebaut. „Danke", murmelte die Frau schließlich, und ihr Partner nickte stumm..

Jonathan nahm freundlich Abschied und schlenderte mit einem zufriedenen Lächeln im Gesicht in aller Ruhe weiter das Ufer entlang. Max trottete ebenfalls in bester Laune an seiner Seite. Als Jonathan nahe am Wasser eine Schachbrettblume erblickte – deren

Blütenmuster ihr den Namen gab und die oft mit Taktik und Strategie assoziiert wird –, konnte er sich ein breites Grinsen nicht verkneifen. In diesem Moment beschloss er, dass diese Blume von nun an ein persönliches Symbol für den Umgang mit den kleinen, unnötigen Konflikten des Lebens sein sollte: als Erinnerung daran, in heiklen Konfrontationen reflektiert und entspannt zu agieren – stets garniert mit einem Quäntchen Humor.

Wo kämen wir denn hin, wenn sich jeder von dem nächstbesten Windstoß die Laune verderben ließe? Nein, Jonathan wusste, dass er in Zukunft die Schachspiele des Lebens achtsamer spielen und dabei das Lächeln nicht vergessen würde. Er setzte sich ans Ufer und blickte zufrieden auf das glitzernde Wasser. Der Frühlingswind strich durch seine Haare, und die Morgensonne wärmte sein Gesicht. Er nahm seinen Hund in den Arm, und gemeinsam schauten sie auf den friedlich dahinfließenden Fluss. Der zuvor überflüssig erscheinende Vorfall verwandelte sich von einer potenziell unangenehmen Episode im Alltag in eine wertvolle Lektion über Selbstbeherrschung und Deeskalation.

„Ein falsches Wort, ein kurzer Blick, eine unnötige Geste – scheinbar harmlos im Moment, doch potenziell mächtig genug, um die Sonne hinter Wolken zu verbergen."

„Der sanfte Fluss des Lebens kann plötzlich und unerwartet zu einem reißenden Strom anschwellen, der alles mit sich reißt. Doch er lehrt uns auch, in wilden Wellen zu navigieren und mit tiefziehenden Strudeln umzugehen."

17
Stress ohne Grund

„Inspiration: Überwindung innerer Konflikte durch Selbstreflexion"

Jonathan erwachte an einem ganz normalen Mittwochmorgen, eingehüllt in eine drückende Schwere, die sich wie ein Bleimantel um seinen Kopf legte. Die ersten Sonnenstrahlen kämpften vergeblich gegen die dunklen Wolken in seinem Geist – ein allgemeines Unbehagen, das seit Jahren von Zeit zu Zeit seine Schatten über ihn warf. Es war ein aus heiterem Himmel kommendes, grundloses Unbehagen – ein emotionales Tief, das in regelmäßigen Abständen und nicht selten über viele Stunden oder gar Tage sein ansonsten sonniges Gemüt beherrschte.

Er hatte gelernt, an solchen Tagen irgendwie klarzukommen – sie zu ertragen wie ein unausweichliches Unwetter, ohne jemals eine Lösung zu finden oder etwas dagegen zu tun. In dieser aggressiven Grundstimmung genügte bereits eine Kleinigkeit, ein nichtiger Anlass, und seine schlechte Laune sowie sein Unmut entluden sich temperamentvoll oder in subtilen sarkastischen Äußerungen auf ein wehrloses Opfer in seinem Umfeld.

Doch heute spürte er einen Drang zur Veränderung und den Mut, etwas dagegen zu unternehmen. Er wollte verstehen, welchen Ursprung diese negative Grundstimmung hatte, die ihn wie ein treuer Schatten aus seiner Vergangenheit verfolgte. Die Zeit war gekommen, genau hinzuschauen und zu fühlen, anstatt tatenlos und resigniert davonzulaufen oder diese emotionale Verstimmung nur als unerwünschten Gast am Rande seines Bewusstseins zu dulden.

Nein, heute war es an der Zeit, ihr direkt ins Auge zu blicken und sie neugierig mit dem Licht seiner Achtsamkeit genauer zu betrachten. Heute würde er beginnen, die Herausforderung anzunehmen und die Verantwortung dafür zu übernehmen, anstatt sie selbstgerecht auf das Verhalten der anderen oder die allgemeinen Umstände in seinem Leben zu schieben.

Entschlossen griff Jonathan nach seinen Wanderschuhen, verließ das Haus und machte sich auf den Weg. Sein Ziel stand fest: der höchste Berg in der nahen Umgebung. Mit seinem Mountainbike fuhr er zum Ausgangspunkt des Berges und setzte dann zu Fuß den Aufstieg fort. Der Pfad wand sich steil hinauf zu einem verlassenen Friedhof, den die Natur in den letzten Jahrzehnten zurückerobert hatte – ein Symbol der Vergänglichkeit, eine Oase der Ruhe und des Gedenkens, mit einem beeindruckenden Blick auf die Stadt und das umliegende Land.

Bei jedem Schritt stellte er sich vor, wie er Wut, Aggressionen und den mentalen Druck in den Boden stampfte – eine symbolische Befreiung seiner Gefühle. Mit bedachten Schritten führte er diese innere Reinigung durch. Mit jedem bewussten Schritt fühlte er sich zunehmend freier, als ob er einen Teil seiner seelischen Last hinter sich ließ; sein innerer Druck ließ nach. Jeder Schritt nach oben hob ihn nicht nur körperlich auf ein neues Level, sondern brachte ihn auch geistig näher an einen Zustand des Friedens und der Klarheit.

Es war ein meditativer Marsch heraus aus den Tiefen seiner Emotionen, der ihm gleichzeitig half, den Ursprung und die Quelle seines Zorns mit mehr Distanz zu betrachten. Er erinnerte sich an die „Klippen des Zorns" im Labyrinth der verlorenen Gefühle und daran, was er damals unter besonderen Umständen gelernt hatte. Diese Erfahrung gab ihm auch hier den Mut und die Entschlossenheit, weiter aufzusteigen und sich zu öffnen.

Während seines Aufstiegs erlebte er durch seine Achtsamkeit eine tiefgreifende innere Wandlung. Mit jedem Schritt spürte er den festen Kontakt zum Boden intensiver, als ob seine Füße mit dem Berg verschmelzen würden. Unsichtbare Wurzeln schienen aus seinen Füßen zu wachsen und sich in das uralte Gestein zu graben. Diese Verbindung gab ihm nicht nur Halt, sondern auch eine tiefe innere Ruhe und Klarheit.

Das Gewitter in seinem Kopf verzog sich; die donnernden Wolken lösten sich auf, bis nur noch vereinzelte Blitze am Horizont zuckten. Innerlich klarte der Himmel auf, und das strahlende Sonnenlicht durchbrach wieder die Dunkelheit. Jonathan spürte wieder eine tiefe Verbundenheit mit sich selbst und der Welt um ihn herum. Er erkannte, dass es weiser war, seinen Zorn als Freund zu akzeptieren und zu verstehen, anstatt ihn zu ignorieren oder zu bekämpfen. Sein Atem war wieder tief und kraftvoll und erfüllte seinen gesamten Körper mit frischer Energie. Die Klarheit seines Geistes spiegelte sich in der unendlichen Weite des Himmels wider. Jonathan erkannte augenblicklich die immense Energie unter der wilden Oberfläche seiner Wut. Statt diese Verstimmungen zu unterdrücken, beschloss er, sie in Zukunft in konstruktive Kraft umzuwandeln und in kreative Bahnen zu lenken. Er war sich bewusst, dass dieser Zorn zwar nicht gänzlich verschwinden würde, aber nie wieder eine so beherrschende Rolle in seinem Leben spielen sollte wie in der Vergangenheit.

Jonathan erkannte, dass Mut und Achtsamkeit die Schlüssel sind, um selbst die schlimmsten seelischen Zustände zu bewältigen. Die wahre Stärke liegt darin, sich den inneren Stürmen zu stellen und sie als Chancen für persönliches Wachstum zu nutzen.

„Vielleicht sind alle Drachen unseres Lebens Prinzessinnen, die nur darauf warten, uns einmal schön und mutig zu sehen."

Zitat von Rainer Maria Rilke

18
Die Schatten eines nahen Krieges

„Inspiration: ein Funke Licht inmitten der Dunkelheit."

Die Tage zogen vorüber wie Wolken am Himmel, und Jonathan fand seinen Frieden in der Routine seines Alltags. Doch die Welt außerhalb seiner persönlichen Sphäre blieb nicht still; sie drehte sich weiter in ihrem komplexen Tanz aus Licht und Dunkelheit.

An einem Abend, als die Dämmerung ihr Zwielicht über die Stadt legte, saß Jonathan vor dem Fernseher. Der Bildschirm flackerte auf und zeigte Bilder, die in grellem Kontrast zu der friedlichen Stille seines Zuhauses standen – Bilder eines Krieges in einem nahen Land. Flammen verzehrten Gebäude, Rauch stieg auf wie das letzte Aufbäumen einer sterbenden Welt. Menschen liefen umher, getrieben von Angst und Verzweiflung, ihre Gesichter Masken des Schreckens. Das Unrecht war greifbar, ein dunkler Fleck auf dem Gewissen der Menschheit.

Jonathan spürte einen Stich im Herzen – es war der Schmerz des Mitgefühls, das Echo des Leidens anderer in seiner eigenen Seele. Er erinnerte sich an den Baum des Lebens und daran, dass jede Wurzel verbunden war mit dem Kern der Existenz. „Was kann ich tun?", fragte er sich selbst, während die Nachrichtensprecherin mit nüchterner Stimme von Verlusten und Strategien sprach. Er wusste, dass er allein den Lauf der Geschichte nicht ändern konnte. Aber seine Reise im „LDVG" hatte ihm gezeigt, dass jede Handlung – so klein sie auch sein mochte – Teil eines größeren Ganzen war.

Jonathan schaltete den Fernseher aus und saß einen Moment lang im Dunkeln. Dann griff er nach seinem Handy und begann zu recherchieren. Er recherchierte intensiv nach vertrauenswürdigen Organisationen, die humanitäre Hilfe im Kriegsgebiet leisteten. Er durchforstete das Internet, las Berichte von Freiwilligen und kontaktierte verschiedene Hilfsorganisationen, um mehr über ihre Projekte und Bedürfnisse zu erfahren. Schließlich entschied er sich, sowohl finanzielle Unterstützung als auch seine Zeit und Energie als Freiwilliger einzubringen. Er meldete sich bei einer lokalen Hilfsorganisation an, die direkte Hilfe vor Ort leistete und war fest entschlossen, einen konkreten Beitrag zu leisten und denjenigen zu helfen, die dringend Unterstützung benötigten.

Es waren bescheidene Akte im Angesicht einer überwältigenden Tragödie, doch sie waren getragen von einer tiefen Überzeugung: dass jeder Funke von Güte zählte in der Dunkelheit des Unrechts. In den folgenden Tagen organisierte Jonathan eine Spendensammlung in seiner Gemeinde. Er sprach mit seinen Nachbarn, teilte die Geschichten der Betroffenen und bat um Unterstützung. **Und während einige wegsahen – gefangen in ihren eigenen Labyrinthen aus Gleichgültigkeit oder Machtlosigkeit – fanden andere den Mut zu handeln.**

Jonathan verstand nun mehr denn je: Das Leben war ein Netz aus Beziehungen; jedes Lebewesen ein Knotenpunkt in diesem unendlichen Geflecht. Der Krieg in dem Nachbarland war nicht nur deren Geschichte – es war auch seine eigene.

Als er eines Abends wieder am Fluss entlangging, blickte er auf das Wasser und sah darin das Spiegelbild einer Welt im Aufruhr. Doch zwischen den Wellen sah er auch das Licht der Sterne – Zeichen der Hoffnung und Erinnerung daran, dass nach jeder Nacht ein neuer Tag beginnt. Jonathan hob seinen Blick zum Himmel und machte ein stilles Versprechen:

Er beschloss – dass solange er atmete, er für das Licht kämpfen würde – gegen die Schatten des Krieges und für eine Zukunft voller Frieden. Diese Worte wurden zu seinem Leitmotiv, zu seiner Antriebskraft inmitten der Dunkelheit. Er war fest entschlossen, nicht nur passiv zuzusehen, sondern aktiv etwas zu bewirken.

Einige Tage später saß Jonathan alleine in einem kleinen Café, als plötzlich ein älterer Mann mit russischem Akzent und ein junger Ukrainer sich ihm gegenüber setzten. Die Spannung in der Luft war förmlich greifbar, als sie sich gegenseitig misstrauisch betrachteten.

Jonathan spürte den Drang, das Eis zu brechen, und begann das Gespräch. Die Diskussion wurde hitzig, als der Russe, Dimitri, und der Ukrainer, Ivan, ihre unterschiedlichen Perspektiven auf den Krieg darlegten. Dimitri betonte die historischen Verbindungen zwischen Russland und der Ukraine, verwies auf gemeinsame kulturelle Wurzeln und betonte die Bedeutung einer starken Partnerschaft zwischen den beiden Ländern. Er argumentierte leidenschaftlich dafür, dass Russland das Recht habe, seine Interessen zu verteidigen und die Stabilität in der Region zu gewährleisten.

Ivan hingegen konnte nicht über die jüngsten Ereignisse hinwegsehen – die Annexion der Krim, die Unterstützung separatistischer Gruppen im Osten der Ukraine und die anhaltende Gewalt. Er verurteilte die Aggression Russlands und betonte die Souveränität der Ukraine als unabhängiger Staat. Seine Stimme bebte vor Wut, als er von den Opfern sprach, von den Familien, die ihr Zuhause verloren hatten und von den Menschen, die ihr Leben im Kampf für die Freiheit geopfert hatten.

Die Atmosphäre am Tisch war angespannt, jeder Blick war geladen mit Emotionen. Jonathan spürte die Mauern zwischen den beiden Männern wachsen, sah das Unverständnis in ihren Augen. Doch anstatt sich von der Hitze des Streits einschüchtern zu lassen, beschloss er, einen anderen Weg einzuschlagen.

Er sprach die beiden Männer Mit ruhiger Stimme namentlich an. „Dimitri, Ivan, ich verstehe, dass ihr beide starke Gefühle für eure Heimat habt und die aktuellen Konflikte euch belasten.

Er bat im Voraus um Entschuldigung für seine bevorstehende Geschichtsstunde und schlug vor: „Lasst uns einen Schritt zurücktreten und die Situation mit etwas Abstand betrachten. Ich selbst war noch nie direkt in einen Krieg verwickelt, wofür ich sehr dankbar bin. Doch die erschütternden Berichte über das Ausmaß der Zerstörung und des Leids dieses Krieges berühren mich zutiefst." Er wechselte das Thema von der aktuellen Lage zu vergangenen Kriegen, deren Auswirkungen die ganze Welt erschütterten.

„Stellt euch vor," fuhr Jonathan fort, „wie das römische Reich,

einst eine mächtige und blühende Zivilisation, durch interne Konflikte und Kriege in den Abgrund gestürzt wurde."

Dimitri runzelte die Stirn. „Was hat das mit unserer Situation zu tun?"

„Mehr als du denkst," antwortete Jonathan ruhig. „Wir können aus unserer Vergangenheit viel lernen. Wenn wir uns nur auf unsere Differenzen konzentrieren, verlieren wir den Blick für das größere Ganze – Frieden und Stabilität."

Ivan nickte nachdenklich. „Du könntest recht haben. Wir sollten neue Ansätze suchen, um unsere Konflikte zu bewältigen."

Dimitri seufzte tief. „Es ist schwer, aber vielleicht ist es möglich."

Jonathan lächelte leicht. „Es beginnt mit dem Verständnis füreinander. Lasst uns gemeinsam nach Lösungen suchen."

Jonathan betonte, dass die Kriege von Caesar, Pompeius und Augustus nicht nur das einstige Imperium geschwächt und schließlich zerfallen ließen, sondern auch einen sehr negativen Einfluss auf die nicht direkt beteiligten Länder und Kulturen hatten. „Die Geschichte wiederholt sich immer wieder," sagte er und sprach über Napoleon Bonaparte. „Napoleon, ein visionärer und charismatischer Führer, führte zahlreiche Kriege, um sein Imperium zu erweitern. Doch auch er erkannte letztendlich die Sinnlosigkeit des Krieges, als er in die Niederlage bei Waterloo stürzte. Die Kriege Napoleons brachten Europa Verwüstung und Millionen von Menschenleben wurden geopfert."

Er ließ eine kurze Pause entstehen, um die Worte wirken zu lassen. Dann fuhr er fort, diesmal mit einem ernsteren Tonfall: „Das Dritte Reich, angeführt von Adolf Hitler, brachte die Welt in den Zweiten Weltkrieg. Die Gräueltaten und die systematische Vernichtung von Millionen unschuldiger Menschen sind ein erschütterndes Beispiel für die Auswirkungen von Krieg und Hass." Jonathan verstummte für einen Moment, während die Schwere seiner Worte in der Luft hing.

„Die Geschichte hat uns gelehrt," fuhr er fort, „dass Kriege keine Lösung sind, sondern nur Leid und Elend bringen." Er fügte hinzu:

„Die Geschichte der Menschheit ist von Kriegen und Konflikten geprägt. Dennoch liegt es an jedem Einzelnen von uns, aus der Vergangenheit zu lernen und eine friedlichere Zukunft zu gestalten."

Langsam wurde Dimitri und Ivan klar, dass ihr Streitgespräch zu nichts führen würde und dass sie andere Wege finden mussten, um eine Lösung zu erreichen. Sie erkannten die Gemeinsamkeiten in ihrem Leid.

Dimitri seufzte tief. „Vielleicht haben wir mehr gemeinsam als wir dachten."

Ivan nickte zustimmend. „Ja, unser Schmerz ist derselbe."

Sie beschlossen, ihre Feindschaft für den Abend beiseite zu legen und reichten sich – wenn auch etwas missmutig – die Hand.

„Lass uns über Möglichkeiten des Friedens und der Versöhnung sprechen," schlug Jonathan vor.

Gemeinsam begannen sie über ihre eigenen Vorurteile und Feindschaften nachzudenken. Sie waren sich einig: „Nur durch die allgemeine Erkenntnis der Sinnlosigkeit des Krieges können wir Frieden und Harmonie in unserer Welt erreichen."

Dimitri lächelte schwach. „Es wird nicht einfach sein."

„Nein," stimmte Ivan zu. „Aber es ist notwendig."

Jonathan sah beide Männer an und fühlte eine Welle der Hoffnung aufsteigen. Vielleicht war dies der erste Schritt auf einem langen Weg zur Heilung.

Eine bedeutende Frage, über welche die drei nachdachten, war, warum Menschen trotz der offensichtlich unausweichlichen schmerzlichen Erfahrungen und des Leids, das Kriege mit sich brachten, weiterhin Krieg führten. Sie spekulierten darüber, ob es möglicherweise ein tiefes menschliches Bedürfnis gab, sich zu bekriegen, und welche anderen Gründe zu Konflikten führten.

„Die menschliche Natur ist sehr komplex," begann Jonathan. „Sie wird von vielen Faktoren beeinflusst."

Dimitri nickte zustimmend. „Eines dieser Motive könnte der Drang nach Macht und Dominanz sein. Die Geschichte ist voll von Beispielen von Herrschern und Regierungen, die danach strebten, ihr Territorium zu erweitern und ihren Einfluss auszudehnen. Dieser Durst nach Macht führt immer wieder zu Konflikten."

„Ja", fügte Ivan hinzu. „Auch die Angst vor Veränderung oder vor dem Verlust von Einfluss kann dazu führen, dass Regierungen Konflikte in Kauf nehmen, um ihre Positionen zu stärken oder zu verteidigen."

Jonathan dachte einen Moment nach. „Ein weiterer möglicher Grund für Kriege könnte die Angst vor dem Unbekannten sein. Menschen neigen dazu, das Fremde oder Andersartige zu fürchten und abzulehnen. Dies kann zu hartnäckigen Vorurteilen, Feindseligkeiten und letztendlich auch zu Auseinandersetzungen führen."

In einer Sache waren sie sich einig: Nicht alle Menschen hatten den Wunsch, Kriege zu führen. „Viele sehnen sich nach Frieden und Harmonie", sagte Dimitri leise. „Sie stehen für Diplomatie und Dialog ein und bevorzugen ein friedliches Neben- und Miteinander."

Jonathan ergänzte: „Kriege werden oft von einer Minderheit von Machthabern oder Ideologen vorangetrieben, während die Mehrheit der Menschen ganz klar nach einer friedlichen Koexistenz strebt."

Die Diskussion intensivierte sich, als sie verschiedene Aspekte der menschlichen Natur und der geopolitischen Dynamik analysierten.

„Es gibt keine einfachen Antworten," bemerkte Ivan nachdenklich. „Die Ursachen für Kriege sind komplex und vielschichtig."

„Genau," stimmte Jonathan zu. „Wir müssen uns bemühen, eine umfassendere Perspektive zu gewinnen."

Dimitri seufzte tief. „Vielleicht liegt die Lösung darin, dass wir uns selbst besser verstehen – unsere Ängste, unsere Wünsche und unsere Schwächen."

Ivan nickte langsam. „Und vielleicht können wir dann Wege finden, diese Konflikte in naher Zukunft ohne Gewalt zu lösen."

Jonathan sah beide Männer an und fühlte eine Welle der Hoffnung aufsteigen. Vielleicht war dies der erste Schritt auf einem langen Weg zur Heilung. Letztendlich waren sie sich einig, dass es notwendig sei, Lehren aus der Geschichte zu ziehen und den Dialog zu fördern, um aktuelle und zukünftige Konflikte zu verhindern oder zu lösen. „Wir müssen aus der Vergangenheit lernen," sagte Jonathan bestimmt. „Nur so können wir eine friedlichere Zukunft gestalten."

„Menschen haben die Fähigkeit, über ihre Unterschiede hinwegzusehen," fügte Dimitri hinzu. „Wenn sie die Notwendigkeit des Friedens erkennen und sich für eine Kultur der Gewaltlosigkeit engagieren." Ivan nickte zustimmend. „Trotz unserer anfänglichen Feindschaft sind wir alle Opfer des Krieges – Opfer von Angst, Verlust und Trauer."

Die Atmosphäre am Tisch wurde immer entspannter. Die anfängliche Hitze des Streits wich einem respektvollen Austausch. Dimitri sah Ivan an und erkannte in seinen Augen nicht mehr nur Feindseligkeit, sondern auch Schmerz und Verletzlichkeit.

„Ich sehe jetzt, dass wir beide viel durchgemacht haben," sagte Dimitri leise. Ivan spürte eine unerwartete Verbundenheit mit Dimitri. „Ja, hinter unseren verschiedenen politischen Standpunkten stehen letztendlich menschliche Einzelschicksale."

Am Ende des Gesprächs fanden sie einen gemeinsamen Nenner: die Sehnsucht nach Frieden und Versöhnung. Als Freunde verließen sie das Café, vereint durch ihre Hoffnung auf eine kriegsfreie Zukunft. Jonathan lächelte zufrieden. Durch sein Mitgefühl und seine Offenheit hatte er eine Brücke zwischen den verfeindeten Parteien geschlagen – ein kleines Licht inmitten der Dunkelheit des Konflikts. „Lasst uns den Abend gemeinsam fortsetzen," schlug Jonathan vor.

Sie zogen durch die Straßen der Stadt, tauschten Geschichten aus ihren Heimatländern aus und entdeckten dabei überraschende Gemeinsamkeiten.

Dimitri erzählte von den traditionellen russischen Festen, Ivan berichtete von der reichen ukrainischen Kultur und Jonathan teilte Anekdoten aus seinem eigenen Leben.

Als sie an einer belebten Bar vorbeikamen, beschlossen sie spontan einzutreten. Drinnen empfing sie eine Welle aus pulsierender Musik und fröhlichem Gelächter. Die Lichter flackerten in bunten Farben, während die Menschen um sie herum tanzten und feierten.

Die drei ließen sich von der Energie mitreißen und tanzten wild und ungehemmt. Ihre Freude beseitigte die letzten Mauern zwischen ihnen. Jonathan wirbelte grinsend, Dimitri schüttelte begeistert den Kopf im Takt, und Ivan stampfte lachend im Rhythmus. Gemeinsam bildeten sie eine unaufhaltsame Tanztruppe, lachten über ihre tollpatschigen Moves und genossen die Absurdität des Moments. Die Musik dröhnte, ihre Herzen schlugen im Einklang – ein Moment purer Freiheit und Zusammenhalt, in dem sie all ihre Sorgen vergaßen und die Magie des Augenblicks erlebten.

Im weiteren Verlauf des Abends wurden die Gespräche immer persönlicher. Sie sprachen über Träume, Ängste, Liebe und Verlust. Als der Morgen graute, fanden sich Jonathan, Dimitri und Ivan auf einer ruhigen Straße wieder. Eng umarmt ließen sie ihren Emotionen freien Lauf, lachten über die Absurdität des Lebens, tanzten unter dem Sternenhimmel und weinten gemeinsam über das Leid in der Welt. In diesem Moment waren sie nicht mehr Fremde, sondern Freunde und Verbündete im Kampf für Frieden und Verständnis. Mit dem Sonnenaufgang wussten sie tief in ihren Herzen: Solange sie atmeten, würden sie für das Licht kämpfen – gegen die Schatten des Krieges und für eine Zukunft voller Frieden.

Zwei Wochen nach ihrer unvergesslichen Nacht beschlossen Jonathan, Dimitri und Ivan, ihre Freundschaft zu vertiefen und eine Gartenparty zu organisieren. Sie luden Freunde und Familie ein, um einen Tag voller Freude, Lachen und köstlicher Speisen zu verbringen. Am Tag der Feier strahlte die Sonne, als wolle sie die Einheit aller betonen.

Dimitri brachte traditionelle russische Pelmeni mit, Ivan servierte ukrainische Wareniki nach dem Rezept seiner Großmutter, und Jonathan präsentierte seinen berühmten Kochkäse mit Musik. Das Buffet war reich gedeckt: Borschtsch aus der Ukraine, Blini mit Kaviar aus Russland, hessische Rippchen von Jonathans Freunden und vieles mehr. Dazu gab es Wodka aus Russland, Wermut aus der Ukraine und Jonathans selbstgekelterten Apfelwein – eine internationale Geschmacksexplosion.

Anfangs waren die Gäste skeptisch wegen ihrer unterschiedlichen Kulturen und politischen Ansichten. Doch beim Probieren der Speisen, Lachen und Geschichtenaustausch schlossen sich die Gräben. Die Atmosphäre war voller Freude und Harmonie; sie tanzten, sangen und fühlten sich an diesem besonderen Tag brüderlich vereint.

Am Ende des Tages waren sich alle einig: Dies war erst der Anfang. Sie wollten noch mehr Menschen zusammenbringen und Brücken über Grenzen hinweg bauen. Gemeinsam träumten sie von einer Welt des Friedens und der Verständigung, in der Unterschiede gefeiert und Gemeinsamkeiten vereint werden. Schon planten sie das nächste Fest – denn sie wussten:

Gemeinsam konnten sie über das Feiern hinaus Großes bewirken und eine Zukunft voller Hoffnung und Einheit gestalten.

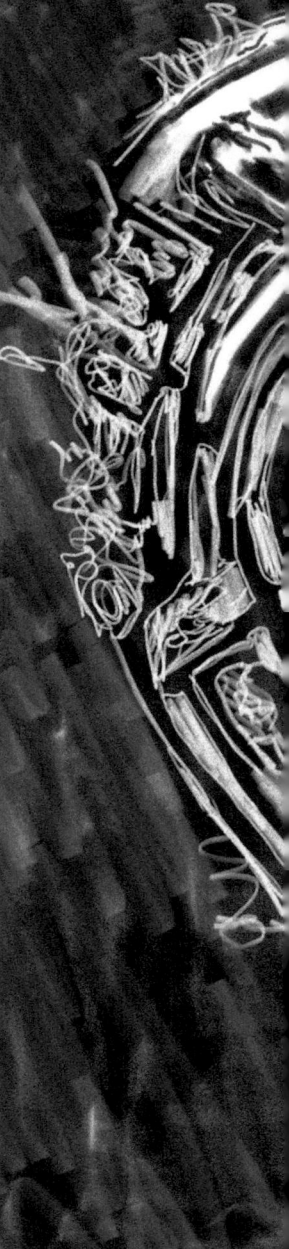

19
Im Irrgarten

„Inspiration: Humor im Labyrinth des Alltags"

Jonathan nahm den ersten Schluck seines Feierabendbieres und bewunderte das goldene Leuchten im Glas, als sähe er es zum allerersten Mal.

Ein paar Tische entfernt saßen zwei Männer mittleren Alters, die offenbar schon seit einiger Zeit zum Unmut der anderen Gäste rechtspopulistische und demokratiefeindliche Äußerungen von sich gaben und seltsamen Theorien anhingen.

Jonathan spürte die angespannte Stimmung im Lokal, an diesem ansonsten beschaulichen Abend. Um die beiden Männer herum waren zwei Tische frei – ein ungewöhnlicher Anblick in der sonst so beliebten Brauereigaststätte.

Jonathan konnte einige ihrer gesprochenen Wortfetzen aufschnappen. Es reichte aus, um die Grundaussage zu verstehen – dieses stets gleiche und anstrengende Geleier war ihm nicht unbekannt.

Die beiden schienen sich in einer Endlosschleife aus provokanten Parolen und Verschwörungstheorien zu befinden, die nicht nur ihn, sondern auch die anderen Gäste merklich störte.

Er sah zum Inhaber hinter dem Ausschank – ein hochgewachsener Franke mit vernünftigen Ansichten, der sehr auf das Wohl aller Gäste bedacht war.

Jonathan konnte seine Gedanken förmlich lesen: Die beiden Typen standen kurz vor dem „Elfmeter" – austrinken, zahlen und tschüss.

Jonathan zwinkerte dem Wirt zu, der sein Vorhaben sofort verstand und ihm mit einem Nicken und einem Daumen hoch gutes Gelingen wünschte.

Daraufhin opferte Jonathan seinen Platz am Stammtisch und setzte sich, nach zwei traditionellen Klopfern auf die Holzplatte, respektvoll nickend zu den beiden Männern an den Tisch.

Mehr zu sich selbst flüsternd: „Sind wir hier im Hofgarten oder im Doofgarten?"

Er wusste, dass er sich auf dünnes Eis begab, aber seine Neugier und das Bedürfnis, etwas zu unternehmen, waren größer. Er sah für sich keine Alternative, als sich in den „Irrgarten der Meinungsbildung" zu begeben.

„Liebe Freunde der gepflegten Verwirrung", begann er lächelnd, „ihr habt meine Neugier geweckt. Wie kommt es, dass ihr das Vertrauen in die Presse und unser Grundgesetz verloren habt und euch stattdessen im ‚Worldwide Depp' nach alternativen Fakten umseht?" Er nuschelte die Fragen so freundlich dahin, dass die beiden Männer – nicht zuletzt aufgrund ihres Blutalkoholspiegels – weder die Ironie noch die genaue Bedeutung seiner Worte verstehen konnten.

Die beiden Männer sahen ihn sichtlich verwirrt an, unsicher, ob sie angegriffen wurden oder ein neues Opfer gefunden hatten. Sie tauschten Blicke aus, nahmen einen Schluck von ihrem Bier und fragten: „Wer bist du überhaupt? Bei uns stellt man sich erst mal vor."

„Ich bin Jonathan, ein Stammgast hier in diesem Lokal. Und mit wem habe ich die Ehre?"

Die beiden stellten sich als Andi und Dieter vor. Sie wollten gerade aufstehen und boten Jonathan großzügig an, mit ihnen zusam-

men im Biergarten eine Zigarette zu rauchen. Jonathan winkte ab und sagte: „Vielleicht bei der nächsten." Er wollte die kurze Auszeit nutzen, um das eigentliche Ziel seines Einschreitens zu überdenken und einen Plan für sein weiteres Vorgehen zu schmieden. Er ertappte sich dabei, wie er die beiden in Gedanken nicht mehr als Andi und Dieter, sondern als „Ape" und „Donkey" bezeichnete. Er beschloss, zunächst mehr über ihre Herkunft und ihren Hintergrund in Erfahrung zu bringen, um ihren Auftritt besser einschätzen zu können.

Jonathan hatte bereits eine klischeehafte Vorahnung des Gesprächs. In seiner Fantasie stellte er sich den Verlauf folgendermaßen vor: „Wo habt ihr zwei Spezialisten eure politische Grundausbildung erworben?", fragte er sie. Sie erzählten ihm, dass sie – anstatt eine höhere Schule zu besuchen – sich dafür entschieden hatten, mit einem Wanderzirkus um die Welt zu reisen. Dabei hätten sie zwar keine formale Bildung erworben, aber eine Menge Lebenserfahrung gesammelt.

Die beiden kehrten nach ihrer Zigarettenpause an der frischen Luft nicht zum Tisch zurück. Anscheinend hatten sie beschlossen weiterzuziehen und bezahlten, ohne dass Jonathan es bemerkte.

Erst vier Wochen später traf er sie im gleichen Lokal wieder. Sie erkannten Jonathan sofort und fragten, ob sie sich zu ihm setzen dürften. Mit einer einladenden Geste erlaubte Jonathan es ihnen. Zunächst entschuldigten sie sich bei ihm für ihren Auftritt beim letzten Treffen. Andy sprach im Namen beider: „Als wir draußen waren zum Rauchen, wurde uns plötzlich klar, dass wir uns ganz schön daneben benommen haben. Wir haben viel darüber nachgedacht und möchten uns entschuldigen."

Jonathan war verblüfft und hörte aufmerksam zu. Es schien tatsächlich so, als hätten die beiden in den vergangenen Wochen einen echten Gesinnungswandel durchgemacht.

Andy erklärte, dass der Wirt ihnen damals wohl nur noch alkoholfreies Bier serviert hatte, ohne dass sie es bemerkt hatten. Sie ergänzten anerkennend, dass sie an seiner Stelle wahrscheinlich genauso gehandelt hätten. Schnell stellte sich heraus, dass die beiden, anders als von Jonathan vorschnell vermutet, eine solide Bildung genossen und einen anständigen Beruf erlernt hatten. Jonathan erinnerte sich noch gut an ihr letztes Aufeinandertreffen und seine damaligen Schlussfolgerungen. Jetzt musste er jedoch eingestehen: So einfach und klischeehaft ist die Welt dann doch nicht.

Der Wirt des Lokals lauschte ihrem Gespräch und kam daraufhin mit einer fränkischen Brotzeit an den Tisch. Er setzte sich zu ihnen und stellte sich vor: „Arno". Er erklärte, dass er als Gastwirt dem sogenannten „Gaststättenrecht" unterliege, welches unter anderem vorschreibt, den Alkoholkonsum seiner Gäste im Auge zu behalten und bei offensichtlicher Trunkenheit oder Störungen einzugreifen, um die Situation zu entschärfen. Er nahm sich ein Stück Käse vom Holzbrett und sagte großzügig: „Bedient euch, das Vesper geht auf mich. Alles ehrliche, regionale Spezialitäten aus dem Spessart."

Die Jungs bedankten sich und bekamen plötzlich Appetit. Arno nickte Jonathan noch einmal anerkennend zu und kehrte zu seiner Arbeit zurück.

Dieter nahm den Faden wieder auf und fuhr fort: „In der Vergangenheit, besonders seit Beginn der Corona-Zeit, haben wir uns oft von den Medien falsch oder unvollständig informiert gefühlt und deshalb ein generelles Misstrauen entwickelt. Damals dachten wir in unserem Übermut, wir seien ‚Che Guevara' persönlich. Das alles brachte uns immer mehr auf einen schrägen Trip, in einen Strudel, der uns schon ganz schön viel Ärger und Unverständnis eingebracht hat – sowohl in unseren Familien als auch am Arbeitsplatz.

Wir arbeiten schon seit einiger Zeit daran, wieder auf einen besseren Weg zu kommen. Wir analysieren, was in der Vergangenheit schiefgelaufen ist, um daraus zu lernen und es in Zukunft besser zu machen.

Nach einer kurzen Überlegungspause sagte Andi kleinlaut: „Das soll jetzt keine Entschuldigung sein, aber der Alkohol bei unserem letzten Aufeinandertreffen hat auch nicht unwesentlich dazu beigetragen, dass wir uns so daneben benommen haben." Jonathan nickte verständnisvoll und erkannte plötzlich, dass die beiden durchaus sympathisch und keineswegs ungebildet waren.

Versöhnlich antwortete er auf ihre ehrlichen und offenen Auskünfte: „Na, dann bin ich ja beruhigt. Ich dachte schon, ihr wärt nicht mehr zu retten. Lassen wir die ganze Sache einfach als ‚tempo-

räres Tourette-Syndrom' gelten und abhaken."

Er nahm einen Schluck Bier, seufzte und lehnte sich entspannt zurück. Mit aufrichtigem Interesse fuhr er fort: „Das ist ja faszinierend. Ohne euch zu nahe treten zu wollen, hätte ich ein paar Fragen, die mich schon seit geraumer Zeit beschäftigen."

„Woher habt ihr eigentlich eure Informationen bezogen? Wie konnte so etwas überhaupt passieren? Für mich ist das alles sehr schwer nachvollziehbar. Wie kann man so überzeugt sein von etwas, das offensichtlich nicht der Wahrheit entspricht? Auf welchen Quellen habt ihr euch falsch informiert?" fragte er weiter.

Nach kurzer Bedenkzeit antwortete Dieter bereitwillig: „Nun, wir informierten uns hauptsächlich im Internet, auf Seiten, die angeblich die Wahrheit sagen und Bildmaterial liefern, das ihre falschen Behauptungen untermauert. Diese Seiten geben auch Gründe an, warum sich ihre Leserschaft immer mehr von den klassischen Medien distanziert."

Jonathan nickte und versuchte, sein Lächeln zu unterdrücken. „Ah, das Internet – dieser unerschöpfliche Brunnen der Weisheit. Und welche Seiten sind das genau? Gibt es da spezielle, die allgemein bevorzugt werden?"

„Nun, es gibt da einige viel besuchte Webseiten – ‚Wahrheit-Jetzt.de' ist ziemlich verbreitet in der Szene", antwortete Dieter. „Und dann noch ‚Das-Erkenntnis-Portal.com'; deren Artikel sorgen auch für ganz schöne Wellen in der Community."

Jonathan konnte nicht anders, als zu lachen. „Oh, ‚Wahrheit-Jetzt.de' und ‚Das-Erkenntnis-Portal.com' – zweifellos Quellen von unbestreitbarer Glaubwürdigkeit." Nach einer Weile fragte er mit ernster Stimme: „Warum habt ihr diesen Seiten mehr vertraut als den klassischen Medien?"

Andy seufzte und antwortete: „Wir haben wirklich geglaubt, dass sie die Wahrheit ans Licht bringen. Wir dachten, sie decken die Lügen auf, die uns Politiker und Nachrichten täglich auftischen." Er hielt kurz inne und fügte hinzu: „Aber inzwischen haben wir erkannt, dass wir uns geirrt haben. Es war naiv zu glauben, dass diese Seiten objektiv informieren."

„Und wie konntet ihr euch so sicher sein, dass diese Webseiten die Wahrheit gepachtet haben? fragte Jonathan ungläubig.

Dieter antwortete, selbst erstaunt über sich: „Weil es sich einfach richtig angefühlt hat. Es passte zu dem, was wir gesehen und erlebt haben."

„Ah, das berühmte Bauchgefühl – der unfehlbare Kompass der Wahrheit", sagte Jonathan, ohne seine Ironie zu verbergen. „Und hat es euch nicht stutzig gemacht, dass viele Leute euch deswegen mieden? Dass ihr als Außenseiter betrachtet wurdet?"

Andy schüttelte den Kopf. „Wir fühlten uns nicht als Außenseiter", berichtete er. „Wir dachten, wir wären die einzigen mit dem Mut, die Wahrheit zu sagen. Und wenn die Leute uns deswegen mieden, dann war das ihr Problem, nicht unseres."

Jonathan betrachtete die beiden Männer vor sich und bohrte weiter in der Wunde: „Wie kommt man dazu, seriöse Medien als Mainstream zu bezeichnen und sich gegen die eigene Regierung und deren Politik zu stellen? Ich meine, ihr seid doch zwei gescheite Jungs mit klarem Verstand. Warum dachtet ihr, dass alle anderen Quellen lügen und nur auf speziellen Websites die Wahrheit zu finden ist?"

Andy und Dieter sahen sich an. „Nun, es ist einfach", sagte Dieter. „Diese Seiten sagten Dinge, die für uns Sinn ergaben. Sie stellten Fragen, die niemand sonst stellte. Sie hinterfragten die Aussagen der Autoritäten."

Andy nickte zustimmend. „Es fühlte sich an, als ob sie uns eine Stimme gaben, als ob sie Dinge aussprachen, die wir selbst dachten, aber nirgendwo sonst hörten. Es war verlockend zu glauben, dass wir Teil einer Gruppe sind, die den Mut hat, die Wahrheit zu suchen." Jonathan runzelte die Stirn. „Aber habt ihr nie daran gedacht, dass diese Seiten vielleicht auch nur ihre eigenen Interessen verfolgen? Dass sie euch manipulieren könnten?"

Dieter seufzte. „Im Nachhinein betrachtet, ja. Aber in dem Moment fühlte es sich einfach irgendwie gut und richtig an. Wir wollten glauben, dass wir etwas wussten, das andere nicht wussten."

„Das ist zwar schwer zu verstehen, aber durchaus nachvollziehbar", musste Jonathan zugeben. „Fragen zu stellen und kritisch zu denken sind schließlich wichtige Eigenschaften. Aber habt ihr euch nie gefragt, ob die Verantwortlichen der Webseiten bewusst Informationen verzerren oder weglassen, um ihre eigenen Ideologien zu fördern und ihre Gegner zu diskreditieren? Diese Betreiber nutzen die Tatsache aus, dass es vielen Menschen schwerfällt, sich ihre eigenen falschen Einschätzungen einzugestehen, obwohl es eigentlich das Einfachste wäre. Diese Kanäle verbreiten oft ganz gezielt und bewusst falsche Informationen aus eigennützigen finanziellen Motiven oder ideologischem Machtgewinn. Sie tun im Endeffekt genau das, was sie anderen vorwerfen. Sie nutzen ganz offensichtlich unsere wertvolle Meinungsfreiheit zu ihrem Vorteil aus und schaden damit unserer ganzen Gesellschaft."

Andy und Dieter runzelten die Stirn.

„Habt ihr niemals diese falschen Behauptungen überprüft?"

Jonathan kam jetzt erst so richtig in Fahrt. Obwohl er sich bei den beiden für seine aufgebrachte Rede und seine wiederholten Fragen entschuldigte, konnte er nicht anders, als fortzufahren: „Habt ihr versucht, ihre Quellen zu verifizieren oder einen doppelten Faktencheck gemacht? Oder habt ihr einfach nur geglaubt, dass diese alternativen Fakten die Wahrheit waren, nur weil es sich richtig anfühlte?"

Nun war es an seinen neuen Freunden, ihn darauf hinzuweisen, dass er im Moment die Ruhe im Lokal störte. Mit einem leicht ironischen Unterton rieten sie ihm, einen Gang runterzuschalten. Daraufhin nahm Jonathan die vorausgegangene Einladung an und ging mit ihnen nach draußen, um an der frischen Luft erst mal in Ruhe eine zu rauchen.

Im Raucherbereich im Biergarten angekommen, hatte Dieter noch eine interessante Zwischenfrage: „Jonathan, hast du ein grundsätzliches Problem mit dem berühmten Bauchgefühl?"

Nach reiflicher Überlegung erklärte Jonathan so gut er konnte: „Das Bauchgefühl ist nicht gleich Bauchgefühl. Es gibt das echte Bauchgefühl, das uns oft richtig und zuverlässig leitet und wichtig ist.

Aber es gibt auch ein Pseudo-Bauchgefühl, das aus Angst und Unsicherheit entsteht."

Er fuhr fort: „Das echte Bauchgefühl basiert auf unseren Erfahrungen und Intuitionen. Es hilft uns oft dabei, schnelle und richtige Entscheidungen zu treffen. Das Pseudo-Bauchgefühl hingegen wird von unseren Ängsten und Unsicherheiten genährt. Es kann uns in die Irre führen und dazu bringen, falsche Schlüsse zu ziehen."

Andy nickte: „Und wie kann man die beiden unterscheiden?"

Jonathan überlegte kurz und antwortete dann: „Ein echtes Bauchgefühl fühlt sich ruhig und klar an. Es kommt oft plötzlich und ohne viel Grübeln. Man hat in dem Moment das Gefühl von innerer Sicherheit und Zuversicht. Ein Pseudo-Bauchgefühl hingegen ist oft begleitet von Unruhe, Zweifel und einem Gefühl der Dringlichkeit.

Es entsteht meist nach längerem Grübeln und wird oft von negativen Emotionen wie Angst oder Unsicherheit begleitet."

Dieter fügte hinzu: „Also sollte man sich darin üben auf die Qualität des Gefühls achten?"

Jonathan lächelte erleichtert: „Genau. Wenn man lernt, diese Unterschiede wahrzunehmen, kann man bessere Entscheidungen treffen. Das ist nicht immer einfach aber durchaus sehr hilfreich."

Andy schlussfolgerte mit einem Augenzwinkern: „Wisst ihr, es hört sich gerade so an, als wäre dieses pseudohafte Bauchgefühl eigentlich eher ein Kopfgefühl - falls so ein Gefühl überhaupt existiert!"

Im weiteren Verlauf der Unterhaltung berichteten Andy und Dieter noch, dass sie mittlerweile wieder mehr vertrauenswürdige Quellen nutzten und sich angewöhnt hatten, seriös beurteilte Fact-Checking-Websites wie „Mimikama" oder „Correctiv FC" zu konsultieren. Andy fügte hinzu, dass er diesen Tipp von seinem Sohn habe, der das wiederum in der Schule gelernt hatte.

Alle drei erkannten für sich: Es war einfach, Dinge zu glauben, die ihre Ansichten bestätigten. Das war bequem. Aber die Wahrheit war oft kompliziert und unbequem. Nur weil etwas gut klang, hieß das nicht, dass es wahr war. Und nur weil etwas unbequem war, hieß das nicht, dass es falsch war. Die Wahrheit lag oft dazwischen und erforderte, dass sie ihre Vorurteile hinterfragten. Das war manchmal anstrengend, aber notwendig.

Jonathan sah Andy und Dieter eindringlich an.

„Jungs", sagte er, „das Wichtigste, was ich gelernt habe, ist: Passt auf, was ihr denkt, denn ihr habt im Endeffekt immer recht." Die beiden sahen ihn verwirrt an. „Was meinst du damit?", fragte Dieter.

Jonathan erklärte den Sinn dieses Spruches: „Unsere Gedanken formen unsere Realität. Wenn wir falsche Schlüsse ziehen, wird das zu unserer Realität – mit all ihren Konsequenzen, auch wenn sie nicht korrekt ist." Darüber hinaus wurde ihm klar: „Es liegt in unserer Verantwortung, unsere Realität zu gestalten. Jeder ist der Meister seiner eigenen Gedanken und somit auch seiner Realität."

Nach weiterem intensiven gedanklichen Austausch verabschiedeten sie sich alle freundlich. Andy und Dieter bedankten sich herzlich für die Offenheit und das ehrliche Gespräch. Jonathan betonte noch einmal, dass ein Stammtisch nicht dazu da sei, Abgrenzungen zu schaffen oder Mauern hochzuziehen, sondern in erster Linie Brücken zu bauen und sich in Toleranz zu üben. Mit einem zufriedenen Lächeln verabschiedete er sich: „Dann bis die Tage, Jungs. Man sieht sich."

Als Jonathan noch an der Theke bezahlen wollte, sagte der Wirt mit Blick auf einen bekannten Gast: „Alles schon erledigt." Jonathan hob die Hand in Richtung des Gastes, der ein Eintracht-Trikot trug. „Salam alaikum", grüßte er, und der erwiderte ohne aufzuschauen: „Wa alaikum salam."

Beim Verlassen des Hofgartens dachte er bei sich: Am Ende des Tages zählt immer wieder die Fähigkeit, unsere eigene Realität zu hinterfragen und zu formen – beginnend mit unseren Gedanken.

Manchmal ist es im Irrgarten der Meinungsbildung der Humor, der uns einen Ausweg zeigt. Durch eine humorvolle, aber gleichzeitig respektvolle Herangehensweise können wir Brücken bauen und eine offene Atmosphäre für den Austausch schaffen.

„Pass auf, was du denkst, denn du hast im Endeffekt immer Recht – sowohl im Großen als auch im Kleinen."

20
Susies Schmerz

„Im Labyrinth: Schmerz, Verlust und Tragödien ansprechen – mit Sorgfalt und Respekt."

Die Party zum 60. Geburtstag war in vollem Gange, als Jonathan den Raum betrat. Lachen und Musik erfüllten die Luft, während eine bunte Mischung von alten und jungen Freunden aus Vergangenheit und Gegenwart anwesend waren.

In einer Ecke des Raumes breitete sich ein Schatten aus, der wie eine Insel der Stille im Meer des umgebenden Trubels lag. Dort saß Susie, allein an einem kleinen Tisch, von der Fröhlichkeit der anderen Gäste wie durch eine unsichtbare Wand getrennt. Ihr Blick war leer, ihre Haltung gebeugt unter der Last eines unermesslichen Verlustes. Jonathan hatte von ihrem Schicksal gehört – wie ihr einziger Sohn, das Zentrum ihres Universums, plötzlich aus dem Leben gerissen wurde. Er näherte sich ihr zögerlich, unsicher, wie er auf ihren Schmerz reagieren sollte. Seine Reise durchs Labyrinth hatte ihn gelehrt, dass Worte manchmal zu klein waren für all die Abgründe des menschlichen Lebens.

„Kann ich mich zu dir setzen?", fragte er sanft.
Susie nickte stumm und rückte ein wenig zur Seite. Jonathan setzte sich und schwieg einen Moment lang. Er wusste: Der Raum zwischen den Worten war oft wichtiger als die Worte selbst.

„Das Leben…", begann Susie mit brüchiger Stimme, „es ergibt für mich keinen Sinn mehr."

Jonathan hörte zu – nicht nur mit seinen Ohren, sondern mit seinem ganzen Wesen. Er spürte den Schmerz dieser Frau wie eine dunkle Flutwelle, die gegen die Dämme seiner eigenen Erfahrungen prallte.

„Ich kann deinen Verlust nicht ermessen", sagte er leise. „Aber ich glaube daran, dass jeder Mensch Teil eines größeren Ganzen ist – dass das Leben deines Sohnes weiterwirkt in allem, was er berührt hat.

"Susie sah ihn an; ihre Augen waren Fenster zu einer Seele im

Winter. „Er war mein Licht", flüsterte sie.

Jonathan nickte verstehend. „Und dieses Licht", entgegnete er behutsam, „kann nicht einfach erlöschen. Es lebt weiter – in dir, in den Erinnerungen der Menschen, die ihn kannten."

Sie sprachen von der Verbundenheit allen Seins – davon, dass jedes Leben ein Echo hinterließ im Universum, ein Echo aus Liebe und Leben – und dass Trauer nicht das Ende war, sondern nur ein Teil des Weges.

Sie diskutierten die Möglichkeit, dass man auch mit einem Menschen, der physisch aus dieser Welt geschieden ist, weiterhin kommunizieren kann – Fragen stellen und auf geheimnisvolle Weise Antworten erhalten kann. „Vielleicht", fuhr Jonathan fort, „ist es unsere Aufgabe zu lernen, mit diesen Echos zu leben – sie zu umarmen als Zeichen der Liebe und des Lebens."

Susie schluckte schwer; Tränen sammelten sich in ihren Augenwinkeln. Sie schien für einen Moment weniger allein mit ihrem Schmerz.

Jonathan reichte ihr ein Taschentuch und legte seine Hand auf ihre Schulter – eine stille Geste der Solidarität und Freundschaft. „Für diesen Weg existiert keine Karte", sagte er mit sanfter Stimme. „Du musst diesen steinigen Pfad jedoch nicht alleine gehen, ebenso wenig wie jeder andere."

Sie sprachen noch lange miteinander – über ihren Sohn und über das Leben mit all seinen unergründlichen Pfaden. Während die Party um sie herum ihren Lauf nahm, fand Susie einen Funken Trost in diesem Gespräch – einen Funken Hoffnung in der Dunkelheit der Nacht. Plötzlich erklang aus den Lautsprechern ein bekanntes Lied:

„Tears in Heaven" von Eric Clapton (Deutsche Übersetzung)

Würdest du meinen Namen kennen?
Wenn ich dich im Himmel träfe
Wäre es dasselbe?
Wenn ich dich im Himmel träfe

Ich muss stark sein
Und weitermachen
Denn ich weiß, ich gehöre nicht hierher
Hier im Himmel

Würdest du meine Hand halten?
Wenn ich dich im Himmel träfe
Würdest du mir helfen, Halt zu finden?
Wenn ich dich im Himmel träfe

Ich werde meinen Weg finden
Bei Tag und Nacht
Denn ich weiß, ich kann gerade nicht bleiben
Hier im Himmel

Hinter der Tür
Gibt es Frieden, da bin ich sicher
Und ich weiß, es wird keine weiteren Tränen
Im Himmel geben

Denn ich weiß, ich
gehöre nicht hierher
Hier im Himmel

*„Im Laufe des Lebens begegnen wir sowohl Momenten der Leichtigkeit und Freude als auch Tragödien und Schicksalsschlägen.
In den dunkelsten Stunden können wir uns jedoch daran erinnern,
dass das Leben weitergeht und mit der Zeit neue Perspektiven und
Heilung möglich werden."*

21
Im Rad des Tages

„Inspiration: Die Suche nach einem Ausweg im Labyrinth"

Die Morgensonne strich sanft durch die Ritzen der Jalousien und malte ein Muster aus Licht und Schatten auf das Laken, unter dem Jonathan erwachte. Langsam öffnete er die Augen und blinzelte gegen den neuen Tag an, der sich unaufhaltsam vor ihm ausbreitete.

Mit einem tiefen Seufzer warf er die Decke zurück und schwang seine Beine über die Bettkante. Die Routine hatte stets etwas Tröstliches, ein vertrauter Rhythmus, der ihm Sicherheit gab. Doch heute fühlte sie sich an wie Ketten, die ihn fesselten.

Er schlurfte in die Küche, wo die Kaffeemaschine mit einem vertrauten Gurgeln seinen morgendlichen Begleiter zubereitete – einen starken, schwarzen Kaffee. Der Duft des frisch Gebrühten füllte die Luft, eine olfaktorische Verheißung von Wachheit, die sein Körper so dringend benötigte. Mit der Tasse in der Hand lehnte er sich ans Fenster und zog eine Zigarette aus der Packung, die er sich während des Lockdowns aus verschiedenen Gründen gekauft hatte.

Das Anzünden war ein Ritual; das Knistern des Feuerzeugs ein kurzes Signal für den Beginn eines weiteren Tages im Hamsterrad seines Lebens. Der Rauch stieg auf, wand sich wie ein flüchtiger Geist in die Morgenluft. Jonathan inhalierte tief und mit dem Nikotin strömte auch das Unbehagen in seine Lungen.

Er spürte es in jeder Faser seines Seins – dieses nagende Gefühl der Sinnlosigkeit, das ihn umklammerte wie eine zweite Haut. Es war ihm nur allzu vertraut, dieses lähmende Empfinden, das ihn von Zeit zu Zeit heimsuchte und seine Gedanken in einen düsteren Nebel hüllte.

Die Tage schienen ineinander überzufließen, ununterscheidbar wie Tropfen im endlosen Ozean der Zeit. Jeder Moment schien sich nahtlos an den nächsten zu reihen, ohne dass ein klarer Anfang oder ein Ende erkennbar war. Es war, als ob die Zeit selbst ihre Bedeutung verloren hätte und er in einem endlosen Kreislauf gefangen war, aus dem es kein Entrinnen gab.

Jeder Atemzug schien nur dazu da zu sein, den nächsten vorzubereiten; jeder Schluck Kaffee nur eine Vorbereitung auf den nächsten.

Jonathan starrte hinaus auf die Straße, wo Menschen wie Ameisen ihre Pfade kreuzten. Sie alle schienen einem unsichtbaren Weg zu folgen, einer bereits vorgezeichneten Route durch ihr Leben. War er selbst nur ein unbedeutendes Rädchen im Getriebe dieser Welt?

Sein Unwohlsein kroch höher und legte sich um seinen Hals wie eine kalte Hand. Er musste raus aus diesem scheinbaren Zyklus, weg von der Monotonie seines Alltags.

Doch wie konnte man aus einem Käfig entkommen, wenn die Gitterstäbe unsichtbar blieben und seine Grenzen unklar waren?

Jonathan wusste: Es musste sich etwas ändern. Heute war vielleicht nicht der Tag für große Sprünge oder Entscheidungen – aber es war ein kostbarer Tag mehr in seinem Leben. Während er dort stand und den letzten Rest seines Kaffees trank, keimte in ihm ein Entschluss: Er würde beginnen, nach Antworten zu suchen – nach einem Weg aus dem Hamsterrad heraus in ein Leben voller Bedeutung und Freude.

Mit diesem Gedanken drückte er seine Zigarette aus, als würde er ein Symbol der Sinnlosigkeit auslöschen, und warf die Packung in den Müll. Genug des undankbaren Selbstmitleids – vielleicht sogar der Auslöser seines vorherrschenden Gefühls.

Heute würde er den Grundstein für ein sinnvolles Leben legen und sich wieder aktiv in Dankbarkeit üben. Kleine Schritte, aber mächtig und von großer Bedeutung.

Klappe, die Erste:
„Stop, das können wir noch besser!"

Eines Abends, eines Nachts – Jonathan steht da, ein moderner Sisyphos, dessen Felsblock die Routine ist, die er täglich den Berg hinauf rollt. Doch anders als der mythische Held empfindet er keinen Trotz gegenüber seinem Schicksal. Das Bier in seiner Hand – ein Gral der Gewohnheit – trank er aus uns stellte es nieder wie eine Rüstung, die ihn nicht länger schützt, sondern beschwert. Die Zigarette, ein glimmender Phönix am Ende seines Zyklus, wird ausgedrückt und hinterlässt Asche als Zeugnis eines Moments der Reflexion. In dieser Asche sieht Jonathan das Abbild seiner Tage: verkohlt, verweht, vergessen. Doch aus Asche kann Neues entstehen – so will es der Lauf der Welt.

Morgen wird er beginnen zu planen; morgen wird er den ersten Schritt wagen. Er wird neue Wege beschreiten und sich auf unbekanntes Terrain begeben.

Doch was bedeutet es zu planen in einer Welt, die sich im Kreis dreht? Ist es Wahnsinn oder Weisheit, das Hamsterrad zu verlassen und ins Unbekannte zu springen?

Sein Entschluss ist klein und doch gewaltig wie das Flattern eines Schmetterlingsflügels, das einen Sturm entfachen kann. Er wird sein eigenes Universum erschaffen – skurril und wunderbar.

Er greift nach einem Notizbuch – von nun an seine Tafel der Gesetze. Mit jedem Wort, das er niederschreibt, formt er eine Realität jenseits des Bekannten. Er zeichnet Labyrinthe aufs Papier und findet darin Wege statt Wände. Jonathan lächelt über die Absurdität seines Vorhabens. Er wird zum Architekten seiner eigenen Existenzphilosophie – einer Philosophie des absurden Optimismus. Denn wenn alles sinnlos ist, dann ist auch Sinnlosigkeit sinnvoll.

„Absurder Optimismus"

Mit einem philosophischen Augenzwinkern verabschiedete er sich von der Monotonie. Er würde seine eigene Bedeutung kreieren in einer Welt ohne vorgegebene Bedeutungen. Jeder Atemzug sollte nun ein Pinselstrich sein auf dem Gemälde seines Lebens.

Und so schloss Jonathan das Kapitel dieser Nacht mit einem Akt der Rebellion gegen das Gewöhnliche. Er hatte entschieden:
Das Hamsterrad mochte sich drehen, aber er würde tanzen – tanzen auf den Speichen des Rades, bis es brach und ihn freigab in eine Zukunft voller Möglichkeiten und Wunder.

Dieses Kapitel endete nicht mit einem Punkt, sondern mit einem Doppelpunkt: eine Einladung an das Morgen, an alle noch ungeschriebenen Geschichten und unerfüllten Träume.

22
Die Tyrannei der Kleinigkeiten

„Inspiration: Selbstreflexion im Alltag"

Jonathan hatte sich in den Stürmen des Lebens einen Mantel der Gelassenheit gewoben. Große Sorgen nahm er mit der Ruhe eines erfahrenen Seefahrers hin, wie Donnerwolken am Horizont.

Doch an diesem Morgen sollte er lernen, dass es oft die leisen Tropfen sind, die das Fass zum Überlaufen bringen. Es begann mit seinem Drucker – diesem modernen Dämon der Bürokratie. Ein einfacher Auftrag: ein paar Seiten für das Meeting am Nachmittag. Doch der Drucker spuckte nur Hieroglyphen aus, als wollte er Jonathan in eine längst vergessene Sprache einführen. Er drückte Tasten, öffnete Klappen und flüsterte sogar Bitten und Beschwörungen. Doch nichts half; der Drucker verweigerte seine Arbeit.

Mit einem Seufzer beschloss er, sich erst einmal einen Kaffee zu gönnen – ein kleiner Trost inmitten des Chaos. Doch als er zur Milch griff, fand er nur eine leere Packung vor – ein weiterer Schlag gegen seine Morgenroutine. Diese Kleinigkeiten, so trivial sie auch schienen, nagten an ihm wie hungrige Mäuse an einem Seil. Warum machten ihm diese Lappalien so zu schaffen, während er doch größere Herausforderungen gemeistert hatte?

Er stand in seiner Küche, umgeben von den Trümmern seines Friedens. Es war nicht die leere Milchpackung oder der streikende Drucker – es war die Erkenntnis, dass das Leben manchmal an den kleinen Dingen scheitert. Diese kleinen Sorgen waren wie Sandkörner in einer Maschine – einzeln unscheinbar, aber zusammen eine mächtige Blockade.

Jonathan musste lachen – ein Lachen der Erkenntnis. Es war die Ironie des Daseins: Man kann Berge versetzen und doch über einen Stein stolpern. Er betrachtete sich selbst aus einer neuen Perspektive und erkannte die Absurdität seines Ärgers.

In diesem Moment entschloss er sich zu einer neuen Strategie:

Er würde diesen kleinen Tyrannen künftig nicht mehr Macht über sich geben als nötig.

Er würde sie einfach akzeptieren wie Wolken am Himmel – vorüberziehend und unbedeutend im großen Ganzen.

Mit einem entschlossenen Nicken trank er seinen Kaffee heute schwarz und beschloss, die Dokumente einfach bei seinem Nachbarn zu drucken.

23
Ein Leben in Dur und Moll

„Männerfreundschaft"

Jonathan erinnerte sich noch genau an den Tag, als Frank Gotta in sein Leben trat. Es war einer dieser lauen Sommerabende vor etwa einem Jahrzehnt, als die beiden sich in einer kleinen Cafébar in der Innenstadt begegneten. Frank, ein Lebemann der alten Schule, zog Jonathans volle Aufmerksamkeit auf sich. Jonathan fühlte sich magisch angezogen von Franks unverwechselbarer urbaner Frankfurter Aura – einer Mischung aus Weltgewandtheit, Weitgereistheit und Sachsenhäusener Charme.

Franky war Redakteur von Beruf, lange Zeit bei der FAZ, ein Ex-Blattmacher mit viel Herzblut. Wenn er aus früheren Tagen erzählte, klang es wie Geschichten aus einem anderen Zeitalter; sie erinnerten Jonathan an den Film „The Wolf of Wall Street", nur dass sie im Herzen von Frankfurt a.M. spielten. Häufig fanden diese Erzählungen in Apfelwein-Gaststätten statt, wie zum Beispiel „Zum alten Esel" oder in Kneipen wie „Zum Ochsenkopf".

Frank berichtete gerne von rauschenden Festen in den Redaktionsräumen, wo man bis zum Morgengrauen feierte und die Nacht zum Tag machte, als gäbe es keinen Morgen. Einmal erzählte ihm Frank, wie er eines Feierabends - im wahrsten Sinne des Wortes - sich auf dem Heimweg spontan ein metallicblaues Stingray Cabrio Baujahr 66 kaufte. Einfach aus einer Laune heraus und weil das Leben zu kurz war für Langeweile und zu viel Vernunft. Ganz nach dem Motto eines bekannten alten Liedes von Hans Albers: Das letzte Hemd hat leider keine Taschen.

Franky war nicht nur ein Lebemann, sondern auch ein Romancier. Er schrieb unter anderem das Buch „Die Apfelwein-Bibel: Alles über den hessischen Nationaltrank". Dieses umfassende Werk beleuchtet die Herstellung, Geschichte, Kultur und Trinkgewohnheiten rund um den Apfelwein in Frankfurt und Umgebung. Es gilt als Standardwerk für alle Liebhaber des „Äppelwei" und wird in Frankfurt oft ehrfürchtig als die „Apfelwein-Bibel" bezeichnet.

Obwohl Frank Anfang 80 und Jonathan Anfang 50 war, bestand zwischen ihnen kein väterlich-sohnesgleiches Verhältnis, sondern eine Beziehung auf Augenhöhe. Manchmal hatte Jonathan sogar den Eindruck, als wäre er der Ältere und Frank der Jüngere. Jetzt saß Jonathan neben dem 81-jährigen Frank auf einer Parkbank und blickte auf den Fluss. Es war kaum zu glauben, dass dieser Mann, der so viel Lebensfreude versprüht hatte, nun müde wirkte.

Vor fünf Jahren erhielt Franky eine niederschmetternde Diagnose: Krebs. Maximal noch ein halbes Jahr, hieß es damals. Doch anstatt sich unterkriegen zu lassen, beschlossen sie beide spontan, noch einmal ein paar Wochen in Franks ehemalige Wahlheimat Südfrankreich zu fahren und dort alte Freunde zu besuchen. Wenige Tage später setzten sie diesen Plan in die Tat um. Es war eine wunderbare Zeit in der Provence; sie wurden überall herzlich willkommen geheißen, feierten, tanzten und genossen das Leben in vollen Zügen. Franks Vitalität trotzte allen Prognosen – bis heute.

„Jonathan", sagte Frank leise, „ich habe keine Lust mehr auf dieses Leben. Ich habe alles erlebt. Bin durch. Bin müde und zu schwach. Habe keine Kraft mehr." Jonathan spürte einen Stich im Herzen. Wie sollte er reagieren? Sollte er versuchen, seinen alten Freund zu motivieren? Oder sollte er die Aussage akzeptieren? In der sanften Dämmerung, mit dem Fluss als stummem Zeugen ihrer Unterhaltung, saß Jonathan neben Frank, dessen Lebensgeister nach seiner Beichte merklich zu schwinden schienen.

Doch plötzlich wusste Jonathan genau, welcher Schlüssel Franks Herz wieder öffnen konnte – es war die Melodie von „La Paloma", gesungen von Hans Albers. Für Frank gab es nur ein wahres Lied, das alle anderen in den Schatten stellte. Er pflegte zu sagen, alles was danach kam, sei nur noch Schrott gewesen. „La Paloma" – dieses eine Lied war für Frank ein ganzes Leben.

Jonathan zog sein Smartphone aus der Tasche. „Lass uns wieder einmal ‚La Paloma‘ hören.“ Er fand den Song und drückte auf Play. Beim Erklingen der vertrauten Melodie schien für einen Moment alles andere stillzustehen.

…Mich trägt die Sehnsucht fort in die blaue Ferne,
Unter mir Meer und über mir Nacht und Sterne.
Vor mir die Welt, so treibt mich der Wind des Lebens,
Wein‘ nicht mein Kind, die Tränen sind vergeben…

Die Sehnsucht in Albers‘ Stimme erinnerte an ferne Küsten und unerfüllte Träume. Es war ein Lied von Abschied und Wiederkehr, von Liebe und Verlust – ein Spiegelbild von Franks Odyssee durch das Leben. „Wenn Hans Albers noch leben würde“, sagte Jonathan leise, während die Musik sie umgab, „dann würde er dir sagen, dass ‚La Paloma‘ nicht nur ein Abschiedslied ist. Es ist auch ein Versprechen – dass egal wie weit du reist oder wie schwer der Sturm auch sein mag, es immer einen Weg gibt.“

Frank lauschte dem Lied, das so viele Erinnerungen in ihm weckte. „Weißt du“, murmelte er darauf nachdenklich, „vielleicht hast du recht. Dieses Lied… es lässt mich nie los. Es ist für mich wie das Leben selbst – voller Höhen und Tiefen.“

Jonathan nickte. „Ich weiß! ‚La Paloma‘ ist mehr als nur eine Melodie für dich; es ist dein Lebensrhythmus. Jonathan spielte noch einen weiteren Klassikers von Hans Albers mit dem Refrain: „Und hat das Schiff ein Leck, dann bleiben wir an Deck.“

Die beiden Männer saßen da und ließen sich von der Musik tragen. Als das Lied endete, stand Frank langsam auf und blickte über den Fluss. Mit einem Anflug seines alten Schalks in den Augen sagte er: „Vielleicht sollte ich mir doch noch eine Zugabe gönnen.“

Franky zog eine Flasche Weißwein aus seinem Rucksack am Rollstuhl, füllte zwei Gläser und reichte eines davon Jonathan. Mit einem Trinkspruch hob er sein Glas: „Seemanns Braut ist die See.“ Sie stießen an und sangen gemeinsam weiter:

„und nur ihr kann ich treu sein.
Auf Matrosen ohé,
einmal muss es vorbei sein.
Wenn der Sturmwind sein Lied singt,
dann winkt mir der großen Freiheit Glück …"

Das Lied „La Paloma" von Hans Albers besingt die Unausweich-
lichkeit des Abschieds – da bemerkte ich etwas in Franks Haltung.
War es ein sanfter Stoß von Hans Albers aus dem Jenseits, der ihm
sagte: Gib noch nicht auf; das Leben hat noch einige Verse für dich
übrig? Mit einem neuen Funkeln in seinen Augen beschloss Frank
an jenem Abend, dass seine Geschichte noch nicht zu Ende erzählt
war. Jonathan hob lachend sein Glas in den Abendhimmel und fügte hinzu: „Und nicht zu vergessen, bei der kommenden Fußball-EM
brauchen wir jeden Mann!" Während die ersten Sterne am Himmel
erschienen, summten die beiden Freunde leise die Melodie von „La
Paloma" – bereit für alles, was das Leben noch bereithielt.

Am späten, feuchten und weinigen Abend erkundigte sich Frank
versöhnlich: „Wann findet denn die nächste Fußball-EM statt? Und
überhaupt? Wer spielt am Wochenende gegen die Eintracht?"

„À vôtre santé"
„À la tienne"

„Auf deine Gesundheit"
„Auf deine"

La Paloma, ade
Auf Matrosen, ohé!

Das Kapitel über Frank und Jonathan könnte man hier eigentlich abschließen, aber das würde dem Ganzen nicht gerecht werden. Denn hier geht es um mehr als Lebensweisheit und Erkenntnis; es geht um eine Männerfreundschaft, die Raum und Zeit überdauert.

Gute Freunde erkennt man daran, dass man regelmäßig miteinander telefoniert. Jonathan sprach seit Jahren mindestens einmal pro Woche mit Frank, und ihre Gespräche folgten stets dem gleichen Muster:

Tut-tut-tut
„Ey Jonathan du alter Drecksack!"
„Ey Gotta du alter Ochsekopp was gibt's Neues?"
„Nix."
„Lass dich nicht so hängen du alte Luffe."
„Leck mich."
„Bla Bla, Ja Ja, Na ja… Die Eintracht und das Wetter…."
„Morgen Mittag um halb eins in der Sandbar?"
„Alles klar."
„Grüß die Madame von mir!"
„Mach ich! Ciao Bella!"
„Ciao Bello!"

24
Schachmatt

„Neugier löst Probleme schnell und effizient"

Der Lebenswandel von Tom beschäftigte Jonathan schon seit geraumer Zeit. Er sah, wie sein Freund immer tiefer in den Strudel des Alkohols geriet, sich in nächtlichen Exzessen verlor und langsam aber sicher auch seine Gesundheit aufs Spiel setzte.

Die Spuren seines Trinkverhaltens waren in seinem Gesicht schon deutlich sichtbar. Jonathan konnte nicht anders, als sich Sorgen zu machen. Obwohl er wusste, dass es ihn eigentlich nichts anging und er besser vor seiner eigenen Haustür kehren sollte, konnte er nicht mehr einfach tatenlos zusehen.

In seinem engen Kreis herrschte die Meinung vor, dass er sich besser heraushalten sollte. Er solle sich auf seine Malerei konzentrieren und das Schreiben denjenigen überlassen, die darin geübt sind. Doch Jonathans Neugier war entfacht – eine Neugierde, die ihn nicht mehr losließ; für ihn gab es keinen Weg zurück.

Er wollte Tom einfach nur Mut machen und ihn dazu motivieren, einen Weg zurück zu einer gesünderen Lebensweise zu finden – natürlich ohne ihn persönlich anzugreifen oder unnötig zu verletzen. Er sah sich vor eine große Herausforderung gestellt: Wie konnte er an Tom herankommen, ohne dass dieser sofort den Rückzug ergriff, sobald das Thema zur Sprache kam? Sobald Kritik in dieser Sache drohte, war Tom wie ein scheues Reh, das sich blitzschnell aus dem Staub machte.

Tom war intelligent und durchschaute in der Regel sehr schnell, wenn jemand versuchte, ihn zu täuschen – „hinters Licht" oder wie in diesem Fall „ins Licht" zu führen. Wenn es darum ging, Probleme zu lösen, kluge Antworten zu finden oder die richtigen Fragen zu stellen, war sein Freund Tom oft seine erste Wahl.

Jonathan erinnerte sich an seine Begegnung mit „Ko Riosi Ti" im

„Labyrinth der verlorenen Gefühle". Die Personifizierung der Neugierde hatte ihm damals klargemacht, dass man allein durch Neugier die meisten Probleme schnell und effizient lösen könne – gleich einem psychologischen Schweizer Messer. Diese Worte hallten in Jonathans Kopf wider, als er überlegte, wie er helfen könnte. Vielleicht musste er eine besondere Taktik wählen, um an Tom heranzukommen, ohne die direkte Konfrontation. Vielleicht musste er einfach nur Toms Neugierde wieder wecken, um ihn dann selbst dazu zu bringen, sich seinem Problem zu stellen.

„Tom", sagte Jonathan eines Abends vorsichtig und beobachtete dabei die roten Locken seines Freundes im schummrigen Licht der Bar. „Hast du jemals darüber nachgedacht, warum wir so fasziniert von Schach sind?" Tom hob eine Augenbraue und nahm einen Schluck von seinem Bier. „Weil es ein Spiel der Könige ist – mächtige Könige ohne Untertanen, aber mit einem weiten Reich?"

„Sehr gut", antwortete Jonathan lächelnd. „Aber vielleicht auch, weil es uns zwingt, über unsere nächsten Züge nachzudenken und uns bewusst macht, dass wir allein die Macht und Verantwortung für unser Handeln und unsere Entscheidungen tragen." Tom lehnte sich zurück und musterte Jonathan. „Was willst du damit sagen?"

Jonathan wählte seine Worte sorgfältig. „Ich denke nur, dass wir manchmal vergessen, dass das Leben auch ein bisschen wie Schach ist. Jeder Zug zählt – im Guten wie im Schlechten." „Das mag schon sein", antwortete Tom nachdenklich.

Jonathan spürte einen Funken Hoffnung aufkeimen. Vielleicht war dies der Anfang eines neuen Kapitels für seinen alten Freund und leidenschaftlichen Eintracht-Frankfurt-Fan – sein taktisches Talent wieder verstärkt zu seinem eigenen Vorteil nutzen. Es würde nicht einfach werden, aber Jonathan war fest entschlossen, alles zu versuchen, um Tom zu motivieren, sich wieder auf die richtige Spur zu bringen.

Dann hatte Jonathan eine Idee: Ein Schachspiel könnte der passende Weg sein. Er wusste, dass auch er selbst manchmal über die

Stränge schlug und dass sein Vorhaben letztlich auch eine Form von Selbsttherapie war. Doch gerade diese Tatsache könnte verhindern, dass Tom die eigentliche Absicht zu früh durchschaut. Jonathan war guter Dinge, dass dieser Ansatz funktionieren könnte – doch jeder Zug musste wohlüberlegt sein.

Ein Schachspiel würde Tom niemals ausschlagen – auf diesem Feld fühlte er sich zu sicher. Er würde auch niemals auf den Verdacht kommen, dass irgendjemand ihn auf diesem Terrain zu attackieren wagte. Das Ziel war somit klar definiert: Toms Neugierde wieder wecken, ihn dazu motivieren, seinen eigenen Verstand wieder einzusetzen, und der Rest wäre dann ein Selbstläufer.

Dienstagabend, Café Krem, 18:00 Uhr

Es war soweit. Jonathan, der als Weiß begann, machte seinen ersten Zug und beichtete Tom, dass ihm bewusst wurde, dass er selbst ein Problem mit Alkohol habe und dass er das Gefühl habe, die Sache würde langsam aber sicher aus dem Ruder laufen. Tom richtete sich auf, quittierte diese Eröffnungsvariante mit einem Lächeln und zog seine Jacke aus. Darunter trug er ein schwarzes T-Shirt mit dem Eintracht-Adler und dem Zitat: „Fankurve vereint, niemals entzweit – wir stehen Seite an Seite."

„Bingo", dachte Jonathan. Das erste Etappenziel war erreicht.

Die Schachpartie war eröffnet. Spannung lag in der Luft, als Jonathan darauf wartete, welchen Zug Tom als Antwort auf seine Eröffnungsvariante wählen würde. Tom zögerte kurz, lehnte sich entspannt zurück und betrachtete nachdenklich sein Bierglas.

„Weißt du", begann Tom schließlich und schob einen Bauern nach vorne, „manchmal denke ich darüber nach, wie wir hier gelandet sind." Jonathan nickte und setzte einen Springer in Bewegung. „Ja? Und was denkst du dann?" Tom nahm einen Schluck von seinem Bier und sah Jonathan direkt an. „Vielleicht haben wir mehr Kontrolle über unsere Angewohnheiten, als wir glauben."

Jonathan lächelte innerlich. Vielleicht hatte er recht gehabt; vielleicht konnte dieses Spiel tatsächlich mehr bewirken als nur Figuren über ein Brett zu bewegen.

Mit jedem Zug wuchs Toms Interesse an der Partie. Es war nicht nur ein Spiel; es war eine Metapher für ihre Leben – voller Strategien, Risiken und unerwarteter Wendungen. Jeder Zug auf dem Schachbrett spiegelte Entscheidungen wider, die sie im echten Leben trafen, und jede Figur repräsentierte einen Teil ihrer Persönlichkeit.

Die Spannung stieg. Jonathan wusste jetzt: Dies könnte der Anfang eines neuen Kapitels sein – nicht nur für Tom, sondern auch für ihn selbst. Die Schachpartie offenbarte neue Perspektiven und Möglichkeiten, alte Muster zu durchbrechen und neue Wege zu beschreiten. Er hatte einmal gelesen, dass es mehr legale Stellungen auf dem Schachbrett als Atome im Weltall gäbe. Aber dass am Anfang einer Partie die wirklich sinnvollen Züge begrenzt waren. Diese Erkenntnis schien nun auch auf ihr Leben übertragbar zu sein.

Tom begann zu erkennen, dass auch er Veränderungen in seine Leben vornehmen sollte. Die Tatsache, dass sein Freund Jonathan den Mut aufgebracht hatte, über seine Sorgen – ausgerechnet mit ihm – zu reden und ernsthaft vorhatte, sich auf den Weg zu einer gesünderen Lebensweise zu begeben, beeindruckte ihn. Er begann sichtlich, auch über sein eigenes Verhalten nachzudenken.

Jonathan spürte seinen „Wirkungstreffer" – das Ergebnis seiner Bemühungen, Toms Interesse zu wecken. Tom setzte nachdenklich einen Läufer in Bewegung und sagte: „Weißt du, ich denke oft darüber nach, wie uns diese ungesunde Angewohnheit langfristig schadet – überflüssig und schwachsinnig." Jonathan nickte und brachte seine Dame ins Spiel. „Tja, wahre Worte," sagte er nachdenklich, „es ist nie zu spät, etwas zu ändern. Es liegt an uns, die Richtung zu bestimmen."

Tom schaute auf das Schachbrett und dann wieder zu Jonathan. „Aber wie fängt man an?", fragte er leise. Jonathan erwiderte lächelnd: „Vielleicht mit kleinen Schritten. Ein bewusster Verzicht hier, eine neue Gewohnheit dort. Und vor allem, indem wir ehrlich zu uns selbst sind." Er setzte seine Dame strategisch in Position und fügte hinzu: „Wie im Schach – jeder Zug zählt."

Mit Jonathans nächsten Zug fiel der König – Schachmatt. Der König symbolisierte Schweigen, fehlende Ehrlichkeit, Verdrängung und mangelnde Disziplin.

Tom starrte auf das Brett, als würde er die tiefere Bedeutung des Spiels und die Konsequenz daraus realisieren. „Schachmatt," flüsterte er ungläubig mehr zu sich selbst. „Vielleicht ist es wirklich höchste Zeit, unser eigenes Spiel besser zu lenken."

Trotz seiner Niederlage verspürte Tom nach diesem ungewöhnlichen Spiel unter Freunden eine gewisse Zufriedenheit und bekundete Jonathan seinen aufrichtigen Respekt. „Chapeau! Ehre, wem Ehre gebührt", sagte er lächelnd.

Jonathan erwiderte das Lächeln und lehnte sich entspannt zurück. „Danke, Tom. Aber du weißt, es geht nicht nur um den Sieg auf dem Brett. Es geht darum, was wir daraus mitnehmen." Tom nahm einen Schluck von seinem Bier und betrachtete das Schachbrett mit einem neuen Verständnis. „Absolut. Es ist wichtig, ehrlich zu sich selbst zu sein." Jonathan nickte anerkennend. „Genau das macht einen Künstler aus – die Fähigkeit zur Selbstreflexion und der Mut, neue Wege zu gehen." Jonathan stieß mit ihm an und fügte hinzu: „Und auf die Kunst, das Leben zu gestalten."

Jonathan und Tom verließen bester Laune das Café. Vor der Tür erzählte Jonathan Tom von seiner Begegnung mit „Ko Riosi Ti" im „Labyrinth der verlorenen Gefühle". Er berichtete, dass ihm damals klar wurde, dass man allein durch aufrichtige Neugier viele Probleme effizient lösen könne. Tom antwortete rebellisch: „Das wollen wir doch mal sehen." Und forderte eine Revanche.

Der Besitzer des Cafés, von Jonathan respektvoll „Big Bernardo" genannt, machte einen Scherz: Er schlug einen Gong an, umrundete ihren Tisch nur in einer Calvin-Klein-Unterhose und hielt ein Schild hoch mit der Aufschrift: „Runde 2".

Die Blicke der anwesenden Gäste waren gebannt auf die 64 quadratischen Felder gerichtet. Die Atmosphäre knisterte vor Spannung. Dann ging alles sehr schnell: Tom eröffnete die Revanche und bestellte trotzig einen Ouzo. Jonathan, sichtlich überrascht, konterte reflexartig mit einem doppelten Ouzo. Ihm wurde jedoch klar, dass diese Taktik unweigerlich in einer Niederlage enden würde.

Es war nicht der doppelte Ouzo, den ihm die aufmerksame Bedienung mit einem Augenzwinkern und einem fröhlichen „Jámas" servierte – ein Schnapsglas mit Leitungswasser. Vielmehr ging es um Jonathans eigentliches Ziel, das wichtiger war als der Sieg in diesem Spiel.

Jonathan malte sich ein mögliches Ende dieses feucht-fröhlichen Spiels aus und brach in schallendes Gelächter aus. Danach musste er sich erst wieder einfangen – tief durchatmen und volle Konzentration! Toms nächster Zug wurde von der Bestellung eines Biers begleitet. Mit einer lässigen Geste kommentierte er: „Zum Nachspülen."

Daraufhin sah Jonathan nur einen Ausweg, damit dieses Duell nicht in einem Desaster enden würde: Er orderte im Gegenzug für sich ein Radler mit viel Limonade. Ein Raunen ging durch die Zuschauermenge.

Diesmal war es Tom, der in schallendes Gelächter ausbrach und ungläubig seinen Kopf schüttelte – damit hatte er nun wirklich nicht gerechnet. Als er sich wieder gesammelt hatte, bestellte er ein Bier mit Cola, halb und halb. Für Jonathan war es ein Duell zwischen Vernunft und Maßlosigkeit als Mittel zum Zweck. Als Jonathan erneut am Zug war, bestellte er sich ein Glas Mineralwasser mit einem Spritzer Zitrone. Daraufhin brach Tom abermals in schallendes Gelächter aus und orderte hilflos: „Ein großes Glas Leitungswasser, gerne in Raumtemperatur – magenfreundlicher", fügte er stolz hinzu.

Tom entschied sich daraufhin für einen kompromisslosen Zug: Er bestellte eine ganze Flasche stilles Mineralwasser – idealerweise bio und vegan.

Die Zuschauer schmunzelten und nickten. Doch dann geschah etwas Unerwartetes: Beide Kontrahenten mussten aufgrund der ungewohnt hohen Flüssigkeitszufuhr die Toilette aufsuchen. Am Handwaschbecken der Herrentoilette reichte ein kurzer Blickkontakt – in einem Akt der Versöhnung einigten sie sich auf ein Remis. Als sie bei ihrer Rückkehr sich symbolisch vor allen Zuschauern erneut die Hände reichten, erfüllte donnernder Applaus das gesamte Café.

Jonathan und Tom lächelten sich an, wissend, dass sie nicht nur ein Schachspiel gespielt hatten, sondern auch eine wichtige Lektion über Freundschaft, Maßhalten und das Finden des richtigen Weges gelernt hatten. Und so endete der Abend nicht nur mit einem Remis auf dem Schachbrett, sondern auch mit einem Sieg der Freundschaft und der Aufrichtigkeit gegenüber sich selbst.

Gemeinsam feierten sie diesen unvergesslichen Abend wie ein Fest – ein Fest der Neugier und der Vernunft.

The End / Das Ende

(Fiktive Version aus Kapitel 10 ins Deutsche übersetzt)

In einem Schachspiel zwischen zwei Freunden
Tanzten die Figuren auf dem Brett
Ein Kampf um Einsicht und Weisheit
Zwischen Vernunft und Neugier entfacht

Der König zog seine Kreise
Die Dame tanzte elegant
Bauern fielen, Türme stürzten
Ein Spiel, das die Freundschaft bedrohte

Die Verführung lockte zu schlechten Zügen
Doch die Vernunft hielt ihr stand
In einem dramatischen Finale
Wurde die Maßlosigkeit besiegt vom Verstand

Kannst du dir vorstellen, was geschehen wird?
So endlos und frei voller Neugier
Nicht mehr auf der Suche nach einer helfenden fremden Hand
In diesem verzweifelten Land, ohne Vernunft

Der König, Symbol der Sucht, fiel schachmatt
Die Dame der Vernunft triumphierte mit Stolz
Die Figuren tanzten auf dem Brett, ein Spiel voller Spannung
Die Neugier und Vernunft siegten im finalen Schachzug

In diesem dramatischen Schachspiel zwischen zwei Freunden.

Dies ist das Ende, schöner Freund
Dies ist das Ende

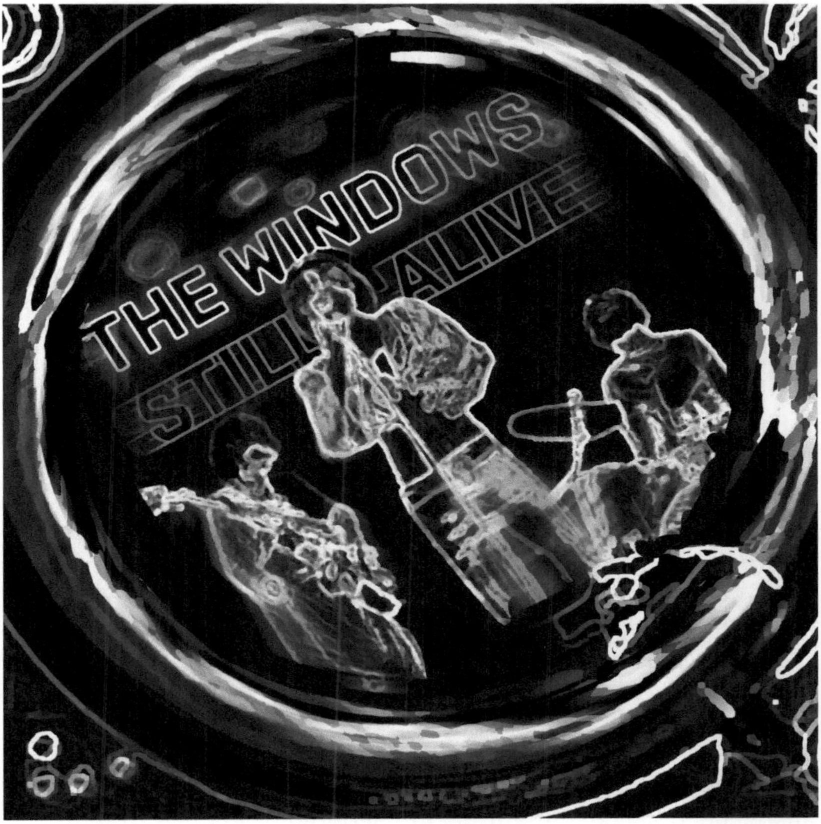
THE WINDOWS
STILL ALIVE

25
Revolution im Schlappeseppel

„Blindtext"

Am Morgen des Faschingsdienstags, dem letzten Tag der Narrenzeit, betrat Jonathan bestens gelaunt die überregional bekannte Brauereigaststätte im Herzen von Aschaffenburg. Die bunten Kostüme und das fröhliche Treiben der Narren draußen auf den Straßen standen im Kontrast zur gedämpften Atmosphäre drinnen. Der große, raumgreifende Tisch war wie zu erwarten mit einem Dutzend der üblichen Stammkunden bevölkert.

Als Jonathan eintrat, wurde sein fröhliches „Gude Morsche und Helau" mit mürrischen Blicken über Biergläser hinweg kommentiert. „Der hat uns gerade noch gefehlt", flüsterte einer der Herren seinem Nachbarn zu. Jonathan ließ sich davon nicht beeindrucken und setzte sich lächelnd an den Rand des Tisches. „Na, was gibt's Neues, die Herren?", fragte er freundlich. Die Reaktion war verhalten, aber Jonathan war es gewohnt, dass die Gäste hier am frühen Morgen, besonders am Stammtisch, nicht gerade für ihre Fröhlichkeit bekannt waren.

„Schön, euch so gut gelaunt zu sehen", fuhr Jonathan fort und bestellte sich ein Bier. Die Männer am Tisch tauschten skeptische Blicke aus – schließlich war es noch zu früh am Morgen, und noch ausreichend Zeit an diesem Tag um nett und freundlich zu sein.

Jonathan genoss sein Bier und begann unaufgefordert, von seinen Abenteuern in den vergangenen Tagen zu berichten – von Faschingspartys, skurrilen Kostümen und unerwarteten Begegnungen. Die Stimmung am Tisch war leicht gereizt; nur ein einzelner müder Lacher war zu hören. Jonathan bemühte sich daraufhin, sich etwas zurückzuhalten und den Ball flach zu halten. Er bestellte sich ein weiteres Konterbier bei der freundlichen Bedienung und beobachtete passiv aus sicherer Entfernung das kollektive Schweigen. Lange konnte er sich jedoch nicht zurückhalten – seine gute Laune und sein Mitteilungsbedürfnis trieben ihn dazu, erneut einen Gast freundlich anzusprechen. In diesem Fall entwickelte sich sogar ein nettes Gespräch, das schnell lustig wurde. Jonathan erzählte einen Witz und flüsterte anschließend mit heiserer Stimme ein leises: „Hip, Hip, Helau".

Ein Gast am Tisch seufzte, stand auf und verließ den Tisch mit den Worten: „Ich glaube, ich brauche noch etwas mehr Ruhe um diese Uhrzeit." Daraufhin entschuldigte sich Jonathan aufrichtig für sein Mitteilungsbedürfnis, zum Unmut der verbliebenen Anwesenden hielt sein Schweigen jedoch nicht lange an. Er berichtete noch von einer lustigen Begebenheit, die er vor Wochen in diesem Lokal erlebt hatte. Doch es schien unmöglich, in dieser eingeschworenen Runde freundlich aufgenommen zu werden, selbst bei naheliegenden Themen. Gastfreundschaft galt für sie zu dieser frühen Stunde ausschließlich für das arbeitende Personal.

Einer der Männer am Stammtisch fragte Jonathan, was so einer

wie er überhaupt hier verloren habe, besonders am Faschingsdienstag, und belehrte ihn, dass die Party in diesem Lokal bereits am Sonntag stattgefunden hatte. Jonathan hätte fast geantwortet, dass er vom Frühgottesdienst käme und die choralen Gesänge sowie die mahnenden Worte des Pfarrers noch einmal in Stille nachhallen lassen wolle. Doch er erkannte, dass diese Antwort die vorherrschende Atmosphäre am Tisch nicht entspannen würde.

Er war dennoch fest entschlossen, ein wenig Fröhlichkeit in diese Runde zu bringen – auch wenn es bedeutete, gegen eine Monsterwelle mit einem Schlauchboot anzupaddeln.

Später traf Jonathan in der Toilette auf einen der Stammtischgäste. Jonathan erkannte ihn und sagte ohne Sarkasmus: „Ah, du bist es. Wir haben uns doch erst neulich unterhalten?" Der Gast reagierte

sichtlich gereizt auf die rein rhetorische Frage und antwortete: „Mag sein, aber dein Dauergeplapper nervt mich heute extrem." Er verließ den Raum und ließ Jonathan ratlos zurück. Als Jonathan von der Toilette zurückkam, saß eine ihm bekannte Frau auf seinem ursprünglichen Platz. Sie fragte sofort höflich: „Ist das okay? Hier habe ich einfach mehr Platz mit meinem Hund." Jonathan hatte überhaupt nichts dagegen, rutschte einen Platz weiter und beschloss, sich einen Rat bei ihr einzuholen. Er kannte sie als meistens sehr gut gelaunt und wusste, dass sie gerne und laut lachte.

„Hallo Sabine, kann ich dich mal was fragen?", begann Jonathan. „Mir ist eben auf der Toilette etwas passiert. Jemand kritisierte mich, dass ihm mein Gerede extrem auf die Nerven gehe." Sabine antwortete gelassen: „Mach dich locker und entspann dich. Das geht mir hier oft genau so. Das war bestimmt irgendein „Schwachmat". Ich mag dich und freue mich sehr, dich hier zu treffen. Jonathan musste direkt laut lachen über ihre lockere Art und ihre gelassene Reaktion.

Tja, was sollte Jonathan jetzt von ihrer Aussage halten? Hatte Sabine recht oder der Stammtisch? Insofern ein Holztisch überhaupt recht haben kann. Schließlich dachte er sich: „Wir sind doch hier in einer Kneipe und nicht in der Kirche – oder?" Er erkannte einmal mehr, dass es manchmal klüger ist, sich nicht von den Reaktionen anderer herunterziehen zu lassen und das Leben einfach zu genießen, unabhängig davon, ob andere begeistert sind oder nicht. „Eigentlich ist Lachen doch gesund", dachte er sich.

Er bedankte sich bei Sabine für die Aufheiterung, trank aus und erzählte noch einen letzten Witz. Dann bezahlte er, verabschiedete sich mit einem traditionellen „Habe die Ehre" und verließ das Lokal.

Er konnte förmlich spüren, wie die zurückgebliebenen Gäste erleichtert aufatmeten und sich einig waren: „Draußen ist der mir lieber als drinnen."

An der frischen Luft fragte sich Jonathan, warum seine Art so viel Kritik und Ablehnung hervorrief. Lag es an ihm? Sollte er sich ändern? War er ein „Dummschwätzer"? Oder waren die Personen am Stammtisch heute Morgen einfach nur schlecht drauf?

Er genoss einen Moment die Morgensonne und beschloss dann, das Feld noch nicht zu räumen, sondern sich gegenüber auf eine

Bank zu setzen, um in aller Ruhe über das Erlebte nachzudenken. Er nahm sein Handy aus der Tasche und zeichnete mithilfe einer Diktierfunktion seine Gedanken auf – eine Technik, die ihm schon oft beim Reflektieren sehr nützlich war.

Nachdem er seine Gedanken sortiert hatte, erinnerte sich Jonathan an eine Weisheit, die er im „Labyrinth der verlorenen Gefühle" gelernt hatte: „Durch Offenheit, Empathie und positive Neugier kann man fast alle Konflikte effizient lösen und daran wachsen." Nach genauerer Betrachtung empfand er es als unangemessen, das Verhalten der Gäste am Stammtisch pauschal zu verurteilen. Jeder Mensch hat schließlich seine eigene Persönlichkeit und das Recht auf eigene Vorlieben und Abneigungen. Entscheidend war jedoch immer, ob man respekt- und rücksichtsvoll miteinander umging oder nicht. Es gab immer eine Lösung, die für alle Beteiligten akzeptabel sein könnte. Es wurde ihm klar, wie wichtig es war, dass in solchen Situationen beide Parteien versuchen, sich in die Perspektive des anderen zu versetzen – nach dem Motto „Leben und leben lassen". Vielleicht gab es Gründe für ihr Verhalten, die er in diesem Fall noch gar nicht berücksichtigt hatte.

Plötzlich hatte Jonathan eine Eingebung, wie man solche Konflikte an Stammtischen in Wirtshäusern vermeiden könnte: Man müsste einfach zwei getrennte Stammtische zur Auswahl haben. Einmal den Tisch für die extrovertierten und gesprächigen Gäste, versehen mit einem Schild „EXTRO-TISCH: Hier wird gequatscht, bis der Arzt kommt". Und zusätzlich einen zweiten Tisch für die eher introvertierten Gäste, den „INTRO-TISCH", für Menschen, die einfach nur in aller Ruhe ihr Bier trinken wollten.

Als sich Jonathan diese kleine Veränderung bildhaft vorstellte, war er sich ziemlich sicher, dass diese Maßnahme die Lösung für viele Probleme an Stammtischen sein könnte.

Gleich nächste Woche würde er mit Vlado, einem der Geschäftsführer hier im „Schlapp", sprechen – mit ihm verstand er sich schon immer sehr gut. Der andere Chef, Chu wiederum, war aus Jonathans Sicht eher von der introvertierten Fraktion, aber ebenfalls ein feiner Kerl und guter Gastwirt.

Jonathan wollte ihnen von seiner Idee erzählen, es mit einem „Tandem-Stammtisch" allen Gästen zu ermöglichen, ihr Früh- oder

Abendbier in der gewünschten Atmosphäre zu genießen, ganz nach Lust und Laune.

Zwei Wochen später wurde in der regionalen Tageszeitung **Main Echo** ein detaillierter Artikel veröffentlicht. Im Folgenden sind einige Auszüge aus dem Text:

Stammtisch-Revolution im Schlappeseppel

In der Traditionsgaststätte „Schlappeseppel" in Aschaffenburg haben die Gäste neuerdings zwei Stammtische zur Auswahl: Einen für Extrovertierte und einen für eher introvertierte Besucher.

…Das „Granteln" hat eine lange Tradition an bayrischen Stammtischen…

…und wird als wichtiges Stück Kulturgut angesehen, das unbedingt bewahrt werden sollte. Es wird behauptet, dass das „Granteln" eine Art Kunstform ist und in richtiger Dosierung hilfreich für die mentale Hygiene sein kann. Aus medizinischer Sicht wird es sogar als gesund angesehen und soll das emotionale Gleichgewicht der bayrischen Seele fördern…

…Im Fazit des Artikels wird darauf hingewiesen, dass beide Fraktionen nach direktem Vergleich ihre Berechtigung haben…

…Beide Parteien könnten voneinander lernen: Die jüngeren Menschen könnten vom Granteln der Älteren profitieren, während die Älteren von den Jüngeren im Umgang mit dem Internet und den sozialen Medien lernen könnten. Dies sei eine Win-Win-Situation für alle Beteiligten…

…Erstaunlicherweise ist der Bierumsatz an beiden Tischen letztendlich ausgeglichen…

…Das Ziel dieser Maßnahme ist es, beide Tische in naher Zukunft wieder miteinander zu vereinen…

26
Im Angesicht des Abschieds

Die Welt, die Jonathan kannte, schien nach zwei kurz aufeinander folgenden Nachrichten aus den Fugen zu geraten. Die Diagnosen trafen ihn wie zwei Blitzeinschläge aus heiterem Himmel und hinterließen eine Schneise der Verwüstung in seiner Seele.

Zuerst betraf es seine Mutter – sie, die ihm das erste Lächeln bei seinen ersten Atemzügen geschenkt hatte. Nach umfangreichen Untersuchungen waren sich die Ärzte einig, dass sie mit großer Wahrscheinlichkeit am Ufer ihrer Zeit stand. Die Zeit, welche daraufhin unaufhaltsam wie kostbare Perlen durch den Hals der großen Sanduhr des Lebens rieselte.

Die zweite Nachricht betraf seinen Hund Max – seinen alten und treuen Gefährten, dessen Augen auch noch im seinem hohen Alter immer voller Verständnis und Trost gewesen waren. Eine unheilbare Krankheit raubte ihm die Lebensfreude, und Jonathan stand vor der schweren Entscheidung, ihn von seinem zunehmenden Leiden zu erlösen.

Jonathan fühlte sich wie ein Schiffbrüchiger in einem stürmischen Meer der Trauer. Anfangs war er völlig überwältigt von der Wucht dieser Schicksalsschläge, unfähig zu atmen unter dem Gewicht des bevorstehenden Verlustes. Doch tief in ihm regte sich etwas – ein Funke der Erkenntnis, entzündet auf seiner Reise durch das „Labyrinth der verlorenen Gefühle". Er hatte dort gelernt, dass Schmerz nicht das Ende bedeutete, sondern eine Transformation sei, ein Übergang von einer Form des Seins in eine andere.

Er besuchte seine Mutter jeden Tag, saß an ihrem Bett und hielt ihre Hand. Sie sprachen über „alles und nichts" – über vergangene Tage voller Sonnenschein und über die Sterne, die sie bald berühren würde. Sie lachten und weinten zusammen, webten ein letztes Band aus Liebe und Erinnerungen. In diesen Augenblicken lag auch ein tiefer Frieden – der Frieden des sanften Akzeptierens. „Du bist stets mein Wind gewesen", flüsterte sie eines Tages, ihre Stimme kaum mehr als ein Hauch. Jonathan erwiderte leise: „Und du, mein sicherer Hafen." Nur wenige Tage später verabschiedete sich Jonathan von seiner Mutter. Ihr letzter Atemzug glich einem feinen Pinselstrich, der sanft über den Horizont der Unendlichkeit hinaus strich – ein flüsterndes Versprechen, dass jedes Ende auch den Auftakt zu einem neuen Kapitel darstellt. Ihre Augen schlossen sich mit der Gelassenheit einer Blüte bei Sonnenuntergang.

In diesem Moment wusste er: Sie schritt vorwärts auf einem Pfad, der von Sternenstaub gesäumt war, auf der Suche nach jenem unvergänglichen Licht, das ewig leuchtet. In diesem Moment des Abschieds erkannte Jonathan auch die sanfte Energie des Todes – ein Übergang zu neuen Horizonten, der uns lehrt, dass unsere Liebsten in den Melodien des Lebens weiterleben. Berührt von tiefer Dankbarkeit für all die kostbaren Momente, die sie geteilt hatten.

Als der Tag kam, an dem die Augen seines Hundes Max nur noch den Schatten von Schmerz zeigten, sammelte Jonathan seinen ganzen verbliebenen Mut und traf gemeinsam mit dem Tierarzt die einzige vernünftige Entscheidung.

Im Behandlungsraum der Tierarztpraxis setzte er sich neben Max und flüsterte ihm Worte des Dankes zu: „Du hast mein Leben mit Freude erfüllt." Tränen bahnten sich ihren Weg über Jonathans Gesicht, als er leise sprach: „Es ist Zeit für dich zu gehen, in eine Zukunft ohne Schmerzen."

In dem Moment, als Max in einem Meer aus Liebe und Dankbarkeit sanft hinüberglitt, spürte Jonathan eine tiefe Verbindung zum Wesenskern des Lebens – eine Verbindung, die selbst den Tod zu überstehen vermag.

Zunächst fühlte er sich, als ob er in einem endlosen Strudel aus Schmerz und Verzweiflung gefangen wäre. Die Tage vergingen wie in einem Nebel, jeder Moment schien von der Last des Verlustes überschattet zu sein. Er verbrachte Stunden damit, alte Fotoalben durchzublättern, Erinnerungen an glücklichere Zeiten wachzurufen und sich an die Wärme und Geborgenheit zu klammern, die seine Mutter und Max ihm immer gegeben hatten. Doch selbst diese Erinnerungen konnten den stechenden Schmerz in seiner Brust nicht lindern.

Seine Freunde und Bekannten versuchten, ihn zu trösten, aber ihre Worte prallten an der Mauer seiner Trauer ab. Es war, als ob niemand wirklich verstehen konnte, was er durchmachte. In stillen Momenten fragte er sich oft, wie er ohne die beiden wichtigsten Wesen in seinem Leben weitermachen sollte. Die Welt um ihn herum drehte sich weiter, doch für Jonathan schien die Zeit stillzustehen.

An einem Abend saß er allein auf seiner Terrasse und schaute in den sternenklaren Himmel. Die kühle Nachtluft brachte eine gewisse Klarheit mit sich, und zum ersten Mal seit Wochen verspürte er einen Funken Hoffnung. Vielleicht lag es daran, dass ihm bewusst wurde, dass die Verstorbenen nicht wollten, dass er in Trauer versank. Sie hätten gewollt, dass er stark blieb und das Leben weiterhin mit offenen Armen empfing.

Mit einem tiefen Atemzug entschied Jonathan, dass es nun an der Zeit war, einen Weg zu finden, um den Schmerz zu bewältigen und gleichzeitig das Andenken an seine geliebten Seelen zu ehren. Er wusste noch nicht genau wie, aber tief in seinem Inneren spürte er die Kraft, aufzustehen und weiterzumachen – sowohl für sie als auch für sich selbst.

In den folgenden Tagen wandelte sich Jonathans tiefe Trauer – allmählich in eine stille Stärke. Er erlangte die Einsicht, dass das Leben ein fortwährender Austausch von Geben und Nehmen darstellt. Jeder Abschied birgt auch den Keim eines neuen Beginns. So stand Jonathan da – gezeichnet vom Abschied seiner Mutter und dem Verlust seines treuen Gefährten – als Zeuge der ewigen Fortdauer des Lebenskreislaufs. Jeder seiner Atemzüge – symbolisierte das Gleichgewicht – zwischen Loslassen und Festhalten; mit jedem Herzschlag lernte er die Kunst des Loslassens – nicht als Aufgabe, sondern als Ausdruck seiner tiefen Liebe zum Leben.

Auch wenn es für Jonathan klischeehaft erschienen wäre, ereignete sich Folgendes:

Völlig unerwartet, an einem Sonntagmorgen, an dem laut Wetterbericht eigentlich nur Regen vorhergesagt war, erlebte er während er sich einen Kaffee machte und gedankenverloren aus dem Küchenfenster blickte, einen Sonnenaufgang. Einen Sonnenaufgang, der ihm seinen ursprünglichen Frieden und seine unerschütterliche Zuversicht zurückgeben sollte. Die Morgensonne des im Frühnebel erwachenden Tages, die durch ein Gerüst am Nachbarhaus wegen Malerarbeiten verdeckt wurde, teilte den Himmel und die gelbe Scheibe der Sonne in unregelmäßige Felder auf – wie ein Labyrinth aus Stahlstangen.

In diesem epischen Moment lächelten die Strahlen der Sonne sanft durch das Gitter des Gerüsts hindurch und lösten in ihm noch nie zuvor empfundene Gefühle von hoher Intensität aus.

Um die Sonne herum sah er schemenhaft die Umrisse vieler Gesichter, darunter auch das seiner Mutter und seines Vaters, Arm in Arm vereint. Sie alle schienen ihm zu signalisieren, dass das Rad des Lebens niemals stillgestanden hatte und es das auch niemals tun würde. Dieser Anblick vermittelte ihm eine Erkenntnis – eine tiefe Weisheit über das menschliche Dasein, den Sinn des Lebens mit all seinem Kommen und Gehen, seinem Leid und all seiner Liebe.

Die im Allgemeinen als gegensätzlich beurteilten Gefühle von Freude und Leid waren hier Seite an Seite in der Sonne vereint und lächelten ihm freundlich zu, ähnlich wie Schauspieler in ihrer Pause eines immerwährenden Theaterstücks. Dieser Anblick ließ ihn einmal mehr erkennen, dass alles gut war, wie es ist – und dass alles im tiefsten Kern schon immer gut gewesen sei. Er verstand für einen Moment, warum wir Menschen oft erst in sehr tragischen Situationen gewisse Einsichten begreifen können. Mit einem Lächeln sah er für den Moment den Grund unseres Daseins. Es wurde ihm bewusst, dass es bis zum heutigen Tag keinen wirklichen Grund gab, vor Dingen Angst zu haben, die sowieso unausweichlich sind. In tiefster Dankbarkeit sagte er leise: „Danke. Danke für all das."

Der Tod mag das Leben heimsuchen,
doch letztendlich vermag das Leben
den Tod zu überwinden.

27
Ein Himmel voller Farben

Die Schatten der Trauer hellten sich allmählich auf. Die Welt drehte sich weiter, und mit ihr Jonathan – manchmal in stiller Einkehr verweilend, manchmal im Rhythmus der Zeit tanzend.

An einem frühen Montagmorgen stand Jonathan am Fenster seines Ateliers und ließ seinen Blick über den Main schweifen – den Fluss, den er liebevoll als seine ursprüngliche Quelle bezeichnete. Ein tiefes Gefühl der Dankbarkeit erfüllte ihn in diesem Moment, so rein und unverfälscht wie das erste Licht des Tages.

In den vergangenen Monaten hatte Jonathan viele Kapitel im Labyrinth seiner Gefühle durchschritten. Nun war es an der Zeit, diese Reisen vorerst hinter sich zu lassen.

Jonathan war kurz davor, das Manuskript für die Einleitung seines geplanten Spiels an die Druckerei zu schicken. Anschließend wollte er das Spiel fertigstellen – eine faszinierende Aufgabe: ein Bild zu kreieren, das all seine Erfahrungen und Erkenntnisse aus dem „Labyrinth der verlorenen Gefühle" zusammenfasst und dessen Essenz verdeutlicht.

Dieses Bild sollte auch symbolisch einen endgültigen Abschluss darstellen. Dadurch würde er die Gelegenheit bekommen, all seine Erlebnisse im Labyrinth zu reflektieren, um wertvolle Einsichten daraus zu gewinnen. Diese abschließenden Schritte trugen etwas Endgültiges in sich und markierten zugleich den Beginn einer spannenden neuen Phase.

Ein Lächeln huschte über sein Gesicht, als er in den Spiegel der Vergangenheit blickte – zurück auf seine gesamte Reise durch das „Labyrinth der verlorenen Gefühle". Die Erlebnisse und Weisheiten aus den Begegnungen mit den personifizierten Gefühlen hatten ihn tief berührt.

Um Inspiration für dieses Bild zu finden, griff Jonathan erneut zu seinen Notizen und Illustrationen. Mit einem gewissen inneren sowie zeitlichen Abstand betrachtete er in aller Ruhe die über 50 Illustrationen und Grafiken, die er spontan als „Einsichten" betitelt hatte. Zum ersten Mal bemerkte er, dass auf diesen „Einsichten" häufig Affen und Türme neben den zahlreichen Labyrinthen zu sehen waren – etwas, das ihm während des Schaffensprozesses nicht so klar gewesen war.

Diese Entdeckung brachte ihn zum Lachen. Wie ein Orang-Utan trommelte er sich auf die Brust und rief mehrmals laut „Uhh uhh uhhh". In bester Laune riss er alle Fenster seines Ateliers auf und spielte mit einem triumphierenden „Voila!" den neuen Song von Lenny Kravitz – „HUMAN" – über seine Bluetooth-Lautsprecher ab.

Er tanzte durch sein Atelier bis hinaus auf die Terrasse. Zufrieden ließ er sich in einen Liegestuhl fallen, legte entspannt die Beine hoch, seufzte glücklich und genoss die energiegeladene Musik.

Er bestaunte den Morgenhimmel – einen Himmel voller Farben.

LENNY KRAVITZ HUMAN

Lyrics Übersetzung:

Wenn alle meine Tage vorbei sind

An denen ich versuche, jedem zu gefallen

Werde ich endlich angefangen haben

Unsere Zeit auf Erden wird nicht ewig dauern

Ich bin auf meiner Reise und werde keine Angst haben

Keine Verwirrung und Verärgerung mehr

Wofür ist dieses Leben? Ich werde gewinnen

Ich werde in diesem Leben meine Wahrheit leben

Ich werde keine Lüge leben

Denn ich bin hierher gekommen, um lebendig zu sein

Ich bin hier, um Mensch zu sein

Ich werde meinen Kopf zum Himmel erheben

Werde jeden Schritt mit Stolz gehen

Denn ich bin hierher gekommen, um lebendig zu sein

Ich bin hier, um Mensch zu sein

Teil 3
„Atelier"

28
Das Einfache im Komplizierten

„Der Dienstag nach dem Montag"

Am nächsten Morgen, während Jonathan seinen ersten Kaffee trank, fragte er sich, ob das Brustklopfen bei Affen nur den männlichen Artgenossen vorbehalten war. Er musste feststellen, dass er keine Antwort darauf hatte und lachte kurz über die Absurdität der Frage.

Gut gelaunt ging er in sein Atelier und machte sich an die Arbeit. Zuerst wischte er die große Schultafel an der Wand ab, um Platz für sein neues Projekt zu schaffen. Dann sortierte er seine Illustrationen, die er „Einsichten" nannte, und befestigte sie gut sichtbar an einer freien Wand.

Anschließend nahm er die von ihm umgestaltete Grafik aus Thomas Bergners Buch „Gefühle, die Sprache des Selbst" – das ihn überhaupt erst auf die Idee zu diesem Spiel gebracht hatte – und pinnte sie an die gegenüberliegende Wand. Nach eingehender Betrachtung all seiner Werke beschloss er, an den vier Ecken seines geplanten quadratischen Spielfelds jeweils einen Turm zu platzieren. Diese Türme sollten symbolisch für die vier Quadranten des Spielfelds stehen: Hinwendung, Ambivalenz, Desinteresse und Ablehnung – die vier Pole seines Gesellschaftsspiels.

Er ging zur Tafel und begann zu zeichnen. Zuerst malte er den ersten Leuchtturm oben links in strahlendem Rot und Weiß. Dieser Turm sollte das ultimative Ziel des ganzen Spiels sein, der Ort, an dem sich die Spielenden mit universellem Mitgefühl und freier Liebe vereinen konnten. Majestätisch ragte der Leuchtturm in den Himmel und wies den Weg zu einer tieferen Verbindung mit sich selbst, seinen Mitmenschen und dem gesamten Planeten.

Sympathie und Antipathie: unsere wesentliche Gefühle

Quadrant der Hinwendung

Quadrant der Ambivalenz

Sympathie

100%

0%

Verschmelzung

Liebe　Vertrauen

Glück　Verbundenheit　Würde

Freiheit　Wohlgefühl　Gemeinsamkeit

Verständnis

Selfbalance

Geborgenheit

Verantwortung

Gelassenheit　Optimismus

Wirksamkeit　Erfolg

Hassliebe

Scham

Mitleid

Neugierde　Eifersucht

Verachtung

Mut　Missgunst

Beschämung　Wut　Grundangst vor dem Verlassenwerden

Verwirrung　Rache

Hochmut

Peinlichkeit

Minderwertigkeit

Wertlosigkeit

Verblüffung

Gefühllosigkeit　Neid

Unzufriedenheit

Hoffnungslosigkeit　Ablehnung

Depression　Schmerz

Unsicherheit

Alexithymie

Überraschung

Schuld

Ekel　Grundangst vor dem Versagen

Demütigung

Frustration

Traurigkeit

Hilflosigkeit

Überheblichkeit　Furcht

Anspannung

Langeweile　Grundangst vor dem Tod

Belastung　Ohnmacht

Misstrauen

Hass

0%　　**Antipathie**　　100%

Quadrant der Desinteresse

Quadrant der Ablehnung

Doch während dieser Leuchtturm das Licht der Liebe repräsentierte, zeichnete er in der gegenüberliegenden Ecke rechts unten einen Turm, der eigentlich keiner war. Dieser symbolisierte im Gegenzug Konflikt und Krieg – eine dunkle Bedrohung, geschmückt mit Waffen und Kampfeslust. Der bedrohliche Turm verdeutlichte, wie leicht es sein konnte, sich von der Liebe abzuwenden und in Gewalt und Zerstörung zu verfallen.

Im unteren linken Teil des Spielbretts zeichnete er einen weiteren Turm, der eher einem Gefängnis ähnelte als einem Ort des Lichts. Die vergitterten Fenster spiegelten die Gefangenschaft der eigenen Ängste und Zweifel wider. Dies war ein Ort, an dem die Spieler mit ihren inneren Barrieren konfrontiert wurden und dazu aufgerufen waren, diese zu überwinden, um sich selbst zu befreien.

Der letzte Turm, oben rechts, zeichnete Jonathan wie einen Wachturm – ein Symbol für Ambivalenz, Zweifel und Unsicherheit. Er verkörperte die Komplexität der menschlichen Natur, einen Ort, an dem sich Licht und Dunkelheit, Freude und Schmerz auf faszinierende Weise vermischten.

Anschließend setzte sich Jonathan in einiger Entfernung zur Tafel auf seinen Atelierstuhl und betrachtete seine Arbeit. Er war durchaus zufrieden mit diesem Anfang und sicher, dass es so richtig war. Die Türme gaben dem ganzen Spielfeld darüber hinaus eine Art dreidimensionale, räumliche Struktur, in der man sich auf einer mentalen Ebene ganz frei bewegen konnte.

Er überlegte, wie er die Zeichnungen noch lebendiger darstellen konnte. Plötzlich hatte Jonathan eine Idee: Er stellte sich vor, QR-Codes nahe jedem Turm anzubringen. Diese Codes könnten die Spieler mit Hilfe eines Smartphones scannen, um einen Audioinhalt abzuspielen, der sie tiefer in das Spielgeschehen eintauchen lässt und die Intensität sowie Wirkung der gezeichneten Türme verstärkt.

Jonathan schrieb diese Idee in die Mitte der Tafel und beschloss, fürs Erste Feierabend zu machen.

29
Die Macht der Worte

„Eine Interaktive Unterstützung zur Vertiefung beim spielen"

Am nächsten Morgen, in aller Frühe, betrat Jonathan sein Atelier. Er betrachtete in aller Ruhe seine Zeichnungen vom Vortag und war sichtlich erleichtert, dass seine Arbeit auch heute noch die beabsichtigte Funktion und Wirkung hatte. Die Notiz, Audiodateien aufzunehmen, prangte in der Mitte der Tafel.

Jonathan hatte bereits einige Erfahrung im Aufnehmen von Texten, da er diese Möglichkeit schon des Öfteren für verschiedene Zwecke genutzt hatte. Er freute sich darauf, diesen Text zu diktieren. Nachdem er sich umfangreiche Notizen zum Text gemacht hatte, aktivierte er das Mikrofon, atmete tief durch und begann mit der Aufzeichnung.

Er passte seine Stimme der Situation an: warm und beruhigend für friedliche Passagen, einfühlsam für unangenehme. Nach wichtigen Sätzen oder Abschnitten pausierte er, um dem Zuhörer Zeit zum Nachdenken zu geben.

1. Audio - Leuchtturm der Hinwendung:

Der Turm der Verschmelzung erhebt sich majestätisch an der Küste, ein strahlender Leuchtturm, der Liebe, Glück, Vertrauen, Freiheit, Verbundenheit und Geborgenheit symbolisiert. Seine Architektur vereint Stärke und Anmut in einer harmonischen Symbiose und verströmt eine Aura von Gelassenheit und Wohlbefinden. Der Turm der Verschmelzung ist ein Ort des Friedens und der Harmonie, wo man sich sicher und geborgen fühlt.

Die Umgebung des Turms ist von einer friedlichen Idylle geprägt. Sanfte Wellen rollen an den Strand, während Möwen elegant über das klare, türkisfarbene Wasser gleiten. Der endlose Sandstrand lädt zu entspannten Spaziergängen ein. Rund um den Turm blühen prächtige Blumen in allen Farben, ihre betörenden Düfte erfüllen die Luft. Diese Landschaft verströmt Ruhe und Frieden für Körper, Geist und Seele.

Die Außenwände des Turms sind mit einer glatten, weißen Verkleidung versehen, die im Sonnenlicht erstrahlt und den Turm in ein warmes, einladendes Licht taucht. Filigrane Muster aus Meeresmotiven zieren die Wände und symbolisieren die tiefe Verbundenheit mit der Natur und dem Ozean. Kleine Fenster durchfluten das Innere des Turms mit Licht und bieten einen atemberaubenden Blick auf das umliegende Meer.

Das Innere des Turms strahlt eine warme, einladende Atmosphäre aus. Im Eingangsbereich laden gemütliche Sitzgelegenheiten mit weichen Kissen zum Verweilen und Entspannen ein. An den Wänden hängen Bilder und Fotografien, die die Schönheit der Natur sowie die Werte von Liebe, Glück, Vertrauen, Freiheit und Verbundenheit darstellen. Sanfte Musik erfüllt den Raum und schafft eine beruhigende Stimmung.

Eine elegante Wendeltreppe führt hinauf zur Spitze des Turms, wo sich eine Aussichtsplattform befindet. Von hier oben eröffnet sich ein atemberaubender Blick auf das unendliche Meer und die umliegende Landschaft. Die Weite des Ozeans symbolisiert die grenzenlosen Möglichkeiten des Lebens, während die grünen Wiesen und Wälder ein Gefühl von Freiheit und tiefer Verbundenheit mit der Natur vermitteln.

Auf der Aussichtsplattform laden bequeme Sitzgelegenheiten zum Verweilen ein; ein Fernglas steht bereit, um die Schönheit der Umgebung im Detail zu erkunden.

2. Audio - Wachturm der Ambivalenz:

Der Turm der Ambivalenzen ragt majestätisch in den Himmel, eine beeindruckende Struktur voller verschlungener Kontraste. Seine Architektur vereint auf einzigartige Weise Licht und Schatten und schafft so eine faszinierende Dualität.

Am Fuße des Turms erstrecken sich sanfte Blumenbeete, deren Farbenpracht und betörender Duft die Sinne verzaubern. Die zarten Blütenblätter schimmern in verschiedenen Nuancen von Rosa und Rot und symbolisieren Liebe und Mitgefühl, die tief in diesem Turm verwurzelt sind. Doch zwischen den Blumen winden sich dornige Ranken empor, die eine subtile Warnung aussprechen – Liebe kann auch schmerzhaft sein; sie bringt oft Zweifel und Unsicherheit mit sich..

Der Turm ragt weiter in den Himmel empor, seine Mauern strahlen einen zeitlosen Charme aus. Verziert mit kunstvollen Schnitzereien und filigranen Ornamenten, verleiht er eine Aura von Eleganz und Anmut. Doch während einige Details den Betrachter in Bewunderung versetzen, gibt es auch versteckte Elemente, die Missgunst und Eifersucht symbolisieren. Diese subtil eingearbeiteten Details werden erst bei genauerem Hinsehen sichtbar.

Im Inneren des Turms entfaltet sich ein Labyrinth aus verschlungenen Gängen und Räumen, durchzogen von Licht und Dunkelheit. Einige Räume sind mit Edelsteinen geschmückt, die im Sonnenlicht funkeln und Achtung sowie Bewunderung hervorrufen. Doch daneben existieren auch düstere Ecken, in denen sich Schatten verbergen – Symbole für Verachtung oder Eifersucht. Diese Schatten werfen Zweifel auf und schaffen eine Atmosphäre innerer Konflikte.

Eine Wendeltreppe führt zum obersten Stockwerk des Turms, wo ein Balkon einen atemberaubenden Ausblick auf die umliegende Landschaft bietet. Von hier aus kann man die Schönheit der Natur bewundern und gleichzeitig den Blick auf den Kampfturm richten – eine düstere Struktur aus schwarzem Stahl, erfüllt von Hass, Wut und Feindschaft.

Der Turm der Ambivalenz – geprägt von Hassliebe, Mitleid, Eifersucht, Scham und Verachtung – ist ein Ort innerer Konflikte und emotionaler Gegensätze. Er reflektiert die Komplexität der menschlichen Natur und zeigt auf eindrucksvolle Weise, wie Liebe und Mitgefühl mit Hass, Eifersucht, Scham und Verachtung verwoben sein können.

In seiner Architektur, seinem Umfeld und seinem Inneren spiegelt er die tiefen Emotionen und Widersprüche wider, die in uns allen existieren.

3. Audio - Turm der Verzweiflung:

Der Turm der Verzweiflung ragt düster und bedrohlich in den Himmel empor – eine monumentale Struktur aus kaltem, schwarzem Stein. Seine Architektur erinnert an ein finsteres Gefängnis mit vergitterten Fenstern und einer erdrückenden Aura der Isolation. Der Turm strahlt eine Kälte aus, die den Atem stocken lässt und jeden Betrachter in eine Atmosphäre von Beklemmung und Hoffnungslosigkeit versetzt.

An seiner Basis erstreckt sich kein sanftes Blumenbeet oder malerisches Landschaftsbild; stattdessen breitet sich ein trostloses, verlassenes Gelände aus – eine endlose Ebene aus grauem Kies und vertrockneten Büschen verstärkt das Gefühl von Wertlosigkeit und Leere. Der Wind um den Turm ist eisig und schneidend, trägt die unnatürliche Stille der Gefühllosigkeit mit sich.

Die Außenwände des Turms sind von einer schweren, düsteren Atmosphäre durchdrungen; der schwarze Stein scheint das Licht zu absorbieren und erzeugt eine unheimliche Dunkelheit selbst am helllichten Tag. Es wirkt fast so, als würde der Turm von einer unbezwingbaren Schwärze verschlungen werden, die jede Hoffnung und jedes Glück erstickt.

Die vergitterten Fenster des Turms bieten einen traurigen Anblick. Sie lassen nur ein trübes Licht herein, das die tristen Farben von Depression und Unsicherheit widerspiegelt. Die Gitterstäbe wirken wie ein Gefängnis, das die Insassen gefangen hält und den Blick nach draußen versperrt. Jeder Blick aus diesen Fenstern offenbart eine düstere, leblose Landschaft, die das Gefühl des Gefangenseins noch verstärkt.

Im Inneren des Turms herrscht eine bedrückende Stille, nur

unterbrochen vom Klang der eigenen Schritte. Die Wände sind mit düsteren Gemälden und Zeichnungen bedeckt, die Gefühllosigkeit und Schwermut ausdrücken. Die Farben sind verblasst und trübe; die Bilder zeigen verzerrte, verzweifelte Gesichter, gezeichnet von tiefer Einsamkeit und Traurigkeit.

Ein enger, spiralförmiger Gang führt zu einer kleinen Kammer an der Spitze des Turms. Dieser Raum ist von einer erdrückenden Schwere durchzogen, die das Atmen erschwert. Die Luft ist stickig und riecht nach Verzweiflung. In der Mitte des Raumes steht ein schmaler, verrosteter Stuhl – die einzige Sitzgelegenheit. Der Blick aus dem kleinen, vergitterten Fenster offenbart eine düstere Welt voller Dunkelheit und Hoffnungslosigkeit.

Der Turm der Verzweiflung steht als Symbol für die tiefsten Abgründe menschlicher Gefühle. Er verkörpert Schmerz, Verlust, Einsamkeit und Angst – all jene Emotionen, die in den schwierigsten Momenten des Lebens zeitweise auftreten können.

Doch der Turm erinnert uns auch daran, dass selbst in den dunkelsten Zeiten ein Funken Hoffnung leuchten kann.

4. Audio – Turm der Feindseligkeit:

Der Turm des Krieges ragt bedrohlich und majestätisch vor einem düsteren Himmel empor – eine mächtige Festung aus stahlgepanzerten Mauern und spitzen Türmen. Seine Architektur vereint auf beängstigende Weise Schutz und Aggression, strahlt eine Sphäre der Ablehnung, des Hasses und der Ohnmacht aus. Der Turm symbolisiert den endlosen Kreislauf des Krieges, in dem Misstrauen, Furcht und Hilflosigkeit herrschen.

Das Umfeld des Turms ist von Verwüstung und Zerstörung gezeichnet: Die Erde ist aufgewühlt, übersät mit Kratern von den Einschlägen stahlgepanzerten Waffen. Rauchschwaden ziehen über das Land, vermischen sich mit dem Geruch von verbrannter Erde und zerstörten Trümmern.

Eine düstere Wolkenwand bedeckt den Himmel, verdeckt die

Sonne und schafft eine bedrückende Atmosphäre voller Anspannung und Verzweiflung.

Die Außenwände des Turms sind mit scharfen Zacken und spitzen Stacheln versehen, die wie Waffen aus Stahl wirken. Sie symbolisieren die Überheblichkeit und Abwehrhaltung, die den Krieg begleiten. Die Mauern tragen eine düstere, blutrote Farbe, die an die Gewalt und das Leid erinnert, das der Krieg verursacht. Der Turm ragt hoch über dem Schlachtfeld empor, als stumme Zeugin des unendlichen Leids, das durch Ablehnung und Hass entsteht.

Im Inneren herrscht eine bedrückende Stille, nur unterbrochen vom Klang der eigenen Schritte und dem Echo vergangener Kämpfe. Die Wände sind bedeckt mit zerbrochenen Rüstungen und Waffen – Symbole der Niederlage und des Scheiterns. Die Luft ist schwer von dem Geruch von Schweiß und Angst; Schreie der Verzweiflung und des Schmerzes hallen noch nach.

Ein enger, dunkler Gang führt zur Spitze des Turms, wo sich die Kommandozentrale befindet. Dort sind die Wände mit Monitoren und Karten bedeckt. Die Atmosphäre ist angespannt, nervös und von Misstrauen durchdrungen.

Der Turm des Krieges steht als düsteres Symbol für die Schrecken von Konflikt und Gewalt. Er verkörpert Hass, Furcht, Ekel und Schuld – all jene Emotionen, die den Krieg begleiten. Durch seine Präsenz vermittelt er die grausame Realität des Krieges und ruft eine Mischung aus Angst und Abscheu hervor.

Der Turm erinnert uns daran, dass der Preis des Krieges immer zu hoch ist.

30
Der Platz zum Spielen
„Schönbusch, Landschaftsgarten bei Aschaffenburg"

Am nächsten Morgen stand Jonathan auf seiner Terrasse und ließ seinen Blick über den Main schweifen. Wahrscheinlich lag es an der intensiven Beschäftigung mit den Türmen in den letzten Tagen, dass er in weiter Entfernung einen Leuchtturm aus den Wipfeln der Bäume herausragen sah. Dieser Leuchtturm befand sich im Landschaftspark Schönbusch, den Jonathan schon aus seiner frühesten Kindheit kannte. Er spürte, dass er einfach nicht umhin konnte, den Park zu besuchen und zu sehen, welche neuen Inspirationen und Eindrücke auf ihn warteten – besonders weil sein Atelier nur Luftlinie kaum zwei Kilometer entfernt lag.

Jonathan dachte, dass diese Begebenheit kein Zufall sein konnte, und entschied sich spontan, mit seinem Mountainbike dem Park einen Besuch abzustatten. Auf dem Weg dorthin hatte er einen interessanten Gedanken: Oft hatte er den Eindruck, dass Touristen nach nur zwei Tagen in seiner Stadt mehr über deren Sehenswürdigkeiten wussten als viele Einheimische, die ihr ganzes Leben dort verbracht hatten und diese Informationen lediglich in der Grundschule erhalten hatten. Es war menschlich, sich nicht mehr genau daran zu erinnern.

Er zog eine Parallele zu seiner Gefühls- und Seelenlandschaft: Im übertragenen Sinne sah er hier eine ähnliche Situation vorliegen. Dieses Wissen wurde weder im Kindergarten noch in der Schulzeit vermittelt. Wahrscheinlich ging man davon aus, dass dieses emotionale Wissen einem in die Wiege gelegt wurde oder dass dafür die Kirche und der Religionsunterricht zuständig waren. Er dachte bei sich: „Kein Wunder, dass das Verhalten mancher Zeitgenossen so anstrengend ist, besonders in anspruchsvolleren Zeiten." Er staunte sogar darüber, dass unser Alltag mit dieser Grundvoraussetzung einigermaßen reibungslos verläuft. Das würde erklären, warum selbst Menschen in sehr verantwortungsvollen Positionen sich oft unangemessen verhalten – unsere katholische Kirche und die Politik nicht ausgenommen.

Er schloss sein Fahrrad am Eingang ab und betrat den Park. Außer einem Paar mit einem Hund am nahegelegenen See war er der einzige Besucher zu dieser frühen Stunde. Während seines inspirierenden Spaziergangs in diesem Landschaftspark sollte Jonathan einiges klarer werden. Auf einer Informationstafel verschaffte er sich einen Überblick über die Attraktionen und Stationen der Anlage.

Der Landschaftsgarten Schönbusch wurde im 18. Jahrhundert von dem Mainzer Erzbischof und Kurfürst Friedrich Carl von Erthal in Auftrag gegeben. Er beauftragte einen berühmten Gartenarchitekten mit der Gestaltung des Parks, der zu den bedeutendsten seiner Zeit zählte. Darüber hinaus war der Schönbusch einer der ersten Landschaftsgärten in Deutschland, der im englischen Stil angelegt wurde.

Was ihn überraschte, war, dass es hier nicht nur einen Leuchtturm und ein Irrgarten gab, sondern auch ein Areal am Rande des Parks, das mit „Tal der Spiele" gekennzeichnet war. Dieses „Tal" war ihm bis heute noch völlig unbekannt.

Er kam nicht umhin, sich auszumalen, wie die Gesellschaft vor 200 Jahren hier lebte: Einige amüsierten sich oder langweilten sich zu Tode, während andere im nahen Umfeld täglich ums nackte Überleben kämpften – mit unterschiedlichem Erfolg.

Er nahm sein Smartphone zur Hand und begann zu googeln:

Der Reichtum und Prunk, der in Parks wie Schönbusch zur Schau gestellt wurde, stand damals tatsächlich im starken Gegensatz zur arbeitenden Gesellschaft. Der Bau und die Pflege solcher Parks erforderten erhebliche finanzielle Mittel, die oft von wohlhabenden Besitzern oder Adligen aufgebracht wurden. Für die arbeitende Bevölkerung war der Zugang zu solchen Parks und Gärten oft begrenzt, da sie sich solche Ausflüge nicht leisten konnten oder schlichtweg keine Zeit dafür hatten. Somit spiegelten der Reichtum und Prunk in Parks wie Schönbusch auch die soziale Kluft und die Unterschiede zwischen den verschiedenen Gesellschaftsschichten wider. Die Parks waren oft ein Ort der Repräsentation und des Luxus für die Oberschicht, während die arbeitende Bevölkerung von außen auf diese Welt des Reichtums und der Schönheit blickte.

Während seiner Recherche stieß er auf die faszinierende Tatsache, dass es in diesem Park einst tatsächlich ein „Tal der Spiele" gab, das zahlreiche Spielmöglichkeiten und Unterhaltungsangebote für die Besucher bot.

Es gab verschiedene Schaukeln – damals eine beliebte Freizeitaktivität für Jung und Alt –, Labyrinthe zum Verirren und Finden sowie Wasserspiele wie Fontänen oder kleine Wasserbecken zur Erfrischung und Unterhaltung.

Musikpavillons oder Bühnen boten musikalische Darbietungen und Unterhaltungsshows an; Konzerte oder Theateraufführungen waren keine Seltenheit.

All diese Informationen verstärkten sein Gefühl, am richtigen Ort zu sein, um sich inspirieren zu lassen.

Voller Begeisterung machte sich Jonathan auf den Weg zu seinem ursprünglichen Ziel: dem Leuchtturm. Schon aus der Ferne konnte er ihn erkennen und meinte fast, das Kreischen der Möwen zu hören, als er sich langsam dem bewaldeten Hügel näherte, auf dem der imposante Turm stand. Doch je näher er kam, desto mehr schwand seine Vorfreude und wich einer ernüchternden Erkenntnis: Der Turm strahlte kein Licht aus und sein blendendes Weiß wirkte unnatürlich künstlich. Jonathan bemühte sich verzweifelt, eine Verbindung zu diesem Monument herzustellen – doch da war nichts: keine Magie, keine Ausstrahlung; nur eine leere Hülle ohne Seele und Geschichte. Enttäuscht ließ er den Leuchtturm hinter sich und überquerte die Teufelsbrücke, die einen Bogen über einen kleinen Bachlauf spannte – was ihn schließlich zu seinem nächsten Ziel führte: dem nahegelegenen Irrgarten.

Doch auch hier erwartete ihn eine Enttäuschung: Der kleine Irrgarten mit seinen Hecken, die kaum über seine Schulter reichten, mochte für Kinder aufregend sein – aber für ihn fehlte das Wesentliche: zusätzliche Inspiration für den Spielgrund seines Gesellschaftsspiels. Mit einem resignierten Seufzen wandte sich Jonathan ab und entschied sich, zum „Tal der Spiele" aufzubrechen, um mehr über diese historische Attraktion herauszufinden.

Auf seinem Weg durch die malerischen Pfade des Parks stieß er unerwartet auf einen alten Freund, der dort als Landschaftsgärtner arbeitete. Jonathan erzählte ihm von seinem Vorhaben. Sein Freund berichtete daraufhin vom Handkarussell im Tal der Spiele und wie die Besucher früher aktiv an dessen Bewegung beteiligt waren. Diese Information faszinierte Jonathan sehr. Doch dann erklärte ihm sein Freund, dass es heute dort nichts mehr zu sehen gäbe außer einer grünen Wiese und dass sich der Weg dorthin kaum lohnen würde, da das Tal etwa zwei Kilometer entfernt sei.

Stattdessen riet er Jonathan, das nahegelegene Besucher-Informationszentrum aufzusuchen. Leider musste er hinzufügen, dass dieses heute geschlossen sei und erst am Wochenende wieder öffne. Jonathan nahm es mit Humor. Die beiden verabschiedeten sich nicht ohne eine Verabredung für den Abend in ihrem Stammcafé auf ein Feierabendbier.

Jonathan machte sich auf den Rückweg zu seinem Fahrrad. Nach wenigen hundert Metern machte er eine unerwartete Entdeckung: Er stieß auf einen imposanten Spielplatz, den er bisher noch nicht kannte. Früher stand hier nur eine alte Konstruktion mit Kegeln an Ketten. Man konnte die Kegel zum Einsturz bringen, indem man eine Steinkugel, die ebenfalls an einer Kette befestigt und etwa zwei Meter hoch zentral aufgehängt war, geschickt im Kreis rotieren ließ.

Dieser neue, moderne, große Spielplatz war von einem halbhohen, kreisrunden Zaun umgeben. Dieser sollte verhindern, dass die spielenden Kinder unbeobachtet in den Büschen verschwanden, während ihre Eltern im nahegelegenen Biergarten mit einer Maß Bier und einer Brezel in der Hand ihre Aufsichtspflicht vernachlässigten.

Jonathan betrat den Spielplatz, dessen Zentrum eine kreisrunde Bank bildete. Diese lud zum Verweilen ein und schützte gleichzeitig einen Baum. Er setzte sich auf die Bank und ließ seinen Blick über die Szenerie schweifen. Der Spielplatz strahlte eine ruhige und friedliche Atmosphäre aus, nur unterbrochen vom leichten Rascheln der Blätter im Wind. Die aus Holz und Naturmaterialien gefertigten Spielgeräte fügten sich harmonisch in die Parklandschaft ein.

Fasziniert betrachtete er die einzelnen Details der gesamten Spielanlage, die ihn unweigerlich an seine eigenen Türme im Spiel erinnerten.

Ein Turm mit Seilleitern lud dazu ein, in schwindelerregende Höhen zu klettern und einen Ausblick von oben zu genießen. Daneben lockte ein weiterer Turm, erreichbar über eine Hängebrücke, gefolgt von einem dritten Turm, den man durch Hangeln an Seilen erklimmen konnte. Doch nicht nur die Türme waren interessant. Auch ein riesiges Holzschiff, das auf dem Spielplatz gestrandet war, zog Jonathans Aufmerksamkeit auf sich. Es lud dazu ein, die Masten wie ein Pirat zu erklimmen und sich in wilde Abenteuer zu stürzen.

Spontan kletterte er an Deck und begann das bekannte Lied von Hans Albers zu singen: „La Paloma, ohe!"

„Meine Braut ist die See,
und nur ihr kann ich treu sein.
Wenn der Sturmwind sein Lied singt,
dann bin ich frei."

Jonathan war begeistert von der unerwarteten Entdeckung des modernen Spielplatzes, den er bisher nicht kannte. Hier fand er genau das, wonach er gesucht hatte – ein Ort voller Freude und Abenteuer. Der Weg hierher schien sich nun doch gelohnt zu haben.

In Gedanken vertieft überlegte Jonathan, was er tun würde, wenn ihm finanzielle Mittel und Freiheit zur Verfügung stünden, um den Landschaftspark selbst zu gestalten. Er dachte darüber nach, welche

Attraktionen sowohl Kinder als auch junggebliebene Erwachsene ansprechen könnten – Menschen also, die ihre Freude am kindlichen Spiel bewahrt hatten.

Jonathan malte sich in seiner Fantasie diese Begebenheiten in lebhaften Bildern aus. Zuerst würde er eine kleine, charmante Holzhütte errichten, die der Schnitzhütte von Michel aus Lönneberga nachempfunden ist. Ein Zufluchtsort, an dem man in stürmischen Zeiten Ruhe finden konnte. Hier könnte man einen Holzklotz zur Hand nehmen und mit geschickten Schnitzbewegungen eine Figur erschaffen, um sie anschließend stolz zu den vielen anderen Kunstwerken in einem der Regale zu stellen. Die Hütte wäre ein Ort der Kreativität und des Friedens, wo jeder Besucher für einen Moment in Michels Welt eintauchen und die Magie des einfachen Lebens spüren könnte.

Als nächstes kam Jonathan die zauberhafte Idee, die Villa Kunterbunt aus der berühmten Kinderbuchserie Pippi Langstrumpf nachzubauen. Eine begehbare Version, in der das Äffchen Herr Nilsson fröhlich umherhüpft und das Pferd Kleiner Onkel gemächlich im Garten grast. Jonathan wollte eine magische Atmosphäre schaffen, in der man das unbeschwerte Leben von Pippi nachempfinden konnte – ihre grenzenlose Freiheit, ihren überschäumenden Spaß und ihre unbändige Abenteuerlust. Das gesamte Haus und jedes einzelne Möbelstück sollten bis ins kleinste Detail in einem strahlenden Blau erleuchten, als wäre man direkt in Pippis farbenfrohe Welt eingetaucht.

Drittens träumte Jonathan davon, die Almhütte aus der bekannten Serie Heidi nachzubauen. Genau so, wie man sie sich vorstellt: mit einem offenen Feuer im Erdgeschoss, perfekt zum Käse schmelzen, und Ziegen, die friedlich im Vorgarten grasten. Im Obergeschoss sollten gemütliche Zimmer mit riesigen Betten aus Heuballen und rot-weiß karierten Vorhängen Erwachsene dazu einladen, sich wieder wie Kinder zu fühlen. Die gesamte Almhütte würde aufs doppelte vergrößert werden, um den Besuchern das Gefühl zu vermitteln, wieder klein zu sein und in die zauberhafte Welt von Heidi und ihren Abenteuern einzutauchen. So könnten auch Erwachsene ihre Erinnerungen an die faszinierende Serie Heidi wieder aufleben lassen.

Es war ein Gedankenspiel voller Kreativität und Sehnsucht nach einer Welt voller Wunder und Abenteuer. Jonathan musste mehrmals laut lachen bei der Vorstellung, wie Heidi, Michel aus Lönneberga und Pippi Langstrumpf in seinem Labyrinth der verlorenen Gefühle auftauchten.

Diese ikonischen Figuren hatten auf seinem Spielfeld natürlich keinen Platz – vielleicht in einer speziellen Version für Kinder.

Plötzlich hatte er eine Idee, die er unbedingt verwirklichen wollte: eine alte Windmühle, wie sie im Spanien der Zeit von Don Quijote zu finden war. Er dachte an das Buch, das im Jahr 1605 veröffentlicht wurde und die Geschichte von Don Quijote erzählt. Es handelt von einem alternden Edelmann, der durch den übermäßigen Konsum von Ritterromanen den Verstand verliert und sich selbst zum Ritter ernennt. In seinem Wahn kämpft er gegen das Böse und versucht, Ehre und Tugend wiederherzustellen.

Diese Windmühle wäre ein schönes Symbol für die sinnlose Auseinandersetzung mit imaginären Feinden. Sie würde auf seinem Spielfeld Platz finden und als Mahnmal für menschliche Fehlbarkeit dienen. Der Tagesausflug hatte sich auf unerwartete Weise doch noch gelohnt. Dieser moderne Spielplatz sollte ein Ort sein, an dem Realität und Fantasie verschmelzen und Kämpfe ausgetragen werden können. Das Zentrum des Spielplatzes würde nicht nur das Herzstück des Spielfeldes sein, sondern auch ein kraftvolles Symbol dafür, das ganze Leben als Spiel zu sehen.

Unser Dasein auf dieser Erde ist ein kostbares Geschenk, das wir mit spielerischer Leichtigkeit genießen sollten. Der wahre Wert liegt nicht nur im Gewinnen, sondern auch darin, die Kunst des Verlierens zu meistern.

31
Die Avatare / Affatare

„Die Krone der Schöpfung"

Als Jonathan sich an seinen Schreibtisch setzte, um die Spielfiguren für sein Gesellschaftsspiel zu entwerfen, fand er sich in einem Strudel der Gedanken wieder. Seine Skizzen und Zeichnungen, die Affen in schicker Kleidung zeigten, hatten ihn zu der Entscheidung inspiriert, die Figuren als eine einzigartige Mischung aus Eleganz und Wildheit zu gestalten. Jede Figur vereinte den majestätischen Körper einer Dame oder eines Königs mit dem anmutigen Oberkörper eines Affen, wodurch eine faszinierende Symbolik entstand.

Als Jonathan die ersten Entwürfe betrachtete, überkam ihn ein Gefühl der Unsicherheit. Würden die Spieler die tiefere Bedeutung der Affen in seinem Spiel verstehen? Er spürte den Drang, die wahre Natur dieser faszinierenden Geschöpfe zu enthüllen und ihre Bedeutung klarer hervorzuheben.

Bei seinen Recherchen tauchte Jonathan tief in die faszinierende Welt der Affen ein. Er entdeckte erstaunliche Erkenntnisse über ihr soziales Verhalten, ihre Intelligenz und ihre Fähigkeit zur Selbstheilung. Affen wie Orang-Utans zeigen bemerkenswertes Sozialverhalten, Mitgefühl und kognitive Fähigkeiten. Sie leben im Einklang mit der Natur, tragen zum Ökosystem bei und zeigen eine beeindruckende emotionale Intelligenz.

Durch diese Erkenntnisse sah Jonathan die Welt mit neuen Augen, inspiriert von der Harmonie und Weisheit der Affen. Er erkannte, dass wir Menschen, die sich oft als Krone der Schöpfung sehen, aber tatsächlich den Planeten gefährden. Die Affen leben im Einklang mit ihrer Umwelt, während wir eine Spur der Zerstörung hinterlassen. Jonathan fühlte tiefe Scham über unser rücksichtsloses Verhalten und beschloss, sein Spiel als Botschaft für mehr Achtsamkeit gegenüber der Natur zu gestalten.

In seinem Atelier, vertieft in die Gestaltung seiner Spielfiguren, lauschte Jonathan dem Radio, als die Ergebnisse der Europawahl 2024 verkündet wurden. Die Nachrichten waren niederschmetternd: Der klare Verlierer war unser Planet und all seine Bewohner. Ein Großteil der Wähler hatte sich für Klimaleugner und ihre Anhänger entschieden. Diese Entwicklung löste in Jonathan eine Mischung aus Wut und Fassungslosigkeit aus.

Als Jonathan von der niedrigen Wahlbeteiligung erfuhr, kam ihm eine innovative Idee: Was wäre, wenn die Stimmen der Nichtwähler automatisch den Parteien zugutekämen, die sich am stärksten für den Schutz des Planeten einsetzen?

Diese Eingebung erschien ihm als potenzieller Schlüssel zur Lösung unserer drängendsten Probleme – nicht nur für die Menschheit, sondern auch für die Affen, die gesamte Tierwelt und die Natur.

Er hatte bereits eine grobe Vorstellung davon, wie er für diese Lösung werben oder zumindest Aufmerksamkeit dafür erregen könnte.

32
Das Spielfeld

„Der Platz zum Spielen"

Das Spielfeld besteht aus vier verschiedenen Labyrinthen, die jeweils eine besondere Symbolik tragen.

Oben links befindet sich ein herzförmiges Labyrinth, das Liebe und Mitgefühl symbolisiert.

Unten rechts liegt ein quadratisches Labyrinth mit scharfen Kanten und 90-Grad-Winkeln, das Einschüchterung, Härte, Zweckmäßigkeit, Disziplin und Ordnung darstellt.

Links unten findet man ein rundes Labyrinth, das einem Irrgarten ähnelt. Es steht für das Gefühl, sich ständig im Kreis zu drehen und nichts zu bewirken – vergleichbar mit einem Hamsterrad, dessen Benutzung zur völligen Erschöpfung führen kann. Die Folgen sind Burnout und Depression.

Oben rechts befindet sich ein duales Labyrinth. Hier überlagern sich das herzförmige und das quadratische Labyrinth. Es symbolisiert ambivalente Gefühle von Hassliebe, Eifersucht, Scham und starken Gefühlsschwankungen.

Im Zentrum des Spielbretts befindet sich ein großer kreisförmiger Spielplatz, der die vier genannten Quadranten zu Dreiecken halbiert. In der Mitte thront eine kreisförmige Bank, die einen stattlichen Baum umschließt – das meditative Zentrum des Labyrinths. Doch weder dieser zentrale Ruheplatz noch der Leuchtturm der Liebe oben links sind das eigentliche Ziel des Spiels; sie markieren lediglich Start- bzw. Endpunkte – ähnlich den Polen unserer Erde.

Im Mittelkreis steht der Spielplatz – die Freude am Lernen, Entdecken und Staunen. Wahres Leben findet auf diesem kreisrunden Spielplatz statt, unter der Bedingung, dass wir dafür bereit und motiviert sind. Besonders in seinen Randbereichen liegen die großen und herausfordernden Aufgaben. Das höhere Risiko und die potenziellen Gefahren in diesen Übergangsregionen zum Extremen tragen dazu bei, sich lebendig und wach zu fühlen. Hier ist Mut gefragt, um sein Selbstbewusstsein zu stärken. Gerade an diesen Randbereichen zeigt sich auch wahre Freundschaft und Loyalität. Egoismus sowie übermäßige Angst bringen hier wenig Erfolg. Wer diese Grenzerfahrungen scheut, hat den Wesenskern dieses Spiels noch nicht verstanden.

Fazit: Weder im ständigen Meditationszustand noch im grenzenlosen Mitgefühl am paradiesischen Leuchtturm der Liebe liegt der Sinn dieses Spiels. Er liegt im mutigen Experimentieren und Vergnügen auf dem Spielplatz, der nicht zufällig die Form unseres Planeten hat.

31

Spielregeln

„Im Labyrinth der verlorenen Gefühle"

1. Allgemeine Spielweise

Das Spiel funktioniert am besten mit drei Spielern. Jeder Spieler übernimmt in jeder Runde eine spezifische Rolle, die nach jeder Runde gewechselt wird.

2. Rollenverteilung und Aufgaben

A) Spieler Eins: Der Geschichtenerzähler

- Aufgabe: Erzähle eine kreative, ausführliche und lebendige Geschichte, die eine Konfliktsituation beinhaltet.
- Ziel: Die Geschichte sollte viele Details enthalten und dem zweiten Spieler eine klare Aufgabe stellen.

B) Spieler Zwei: Der Problemlöser

- Aufgabe: Platziere deine Spielfigur auf dem Spielfeld entsprechend der gestellten Aufgabe.
- Vorgehensweise:
  - Stelle bei Bedarf Fragen und hole dir zusätzliche Informationen ein.
  - Definiere im Vorfeld dein Ziel und kündige die Position an, die du nach dem Lösen des Konflikts auf dem Spielfeld erreichen möchtest.
  - Erläutere deinen Weg und deine Vorgehensweise den beiden anderen Spielern nachvollziehbar und plausibel.
  - Schildere deinen Lösungsweg kreativ, ausführlich, lebendig und mit vielen Details in Form einer Geschichte.

C) Spieler Drei: Der Schiedsrichter

- Aufgabe: Bewerte die Qualität, Kreativität und Wahrscheinlichkeit der Geschichten von Spieler Eins und Spieler Zwei.

- Punktevergabe:
  - Verteile maximal 5 Punkte pro Runde.
  - Ein Unentschieden ist ausgeschlossen; im extremsten Fall erhält ein Spieler 5 Punkte und der andere null.

3. Spiel Ende

Das Spiel endet frühestens, nachdem jeder Mitspieler jede Rolle einmal besetzt hat. Der Gewinner wird durch das Addieren der Punkte ermittelt. Weitere Runden können gespielt werden.

Zusatzinformationen

- Der Wahrheitsgehalt ist nicht zwingend entscheidend; Kreativität und Fantasie sind gleichermaßen zu belohnen.
- Die Aufgabenstellung und der Lösungsweg sollten Sinn ergeben und auch mit etwas Fantasie nachvollziehbar sein.
- Im Zweifelsfall hat der Schiedsrichter das letzte Wort.

Empfohlene Zeremonie

In Anlehnung an die Oscarverleihung werden die Spieler wie folgt eingeteilt:

- **Jury:** Der Schiedsrichter repräsentiert die Jury.
- **Nominierte:** Der Aufgabensteller (Spieler Eins) und der Problemlöser (Spieler Zwei).

Pro Spielaktion werden jeweils fünf „Oscars" vergeben in den Kategorien:

1. Humor
2. Realitätsnähe
3. Spannung
4. Drama
5. Fantasie usw.

Dankesrede

Der Gewinner wird nach jeder Spielaktion in einer glamourösen Zeremonie bekannt gegeben. Am Ende des gesamten Spiels hält der Gesamtsieger eine Dankesrede.

TATORT / Fluchtpunk 1998
Expressguthalle Aschaffenburg, F. Rothfuss & M. Uecke

12 Gemälde je 200 x 90 cm, **Golfplatz** 5 x 9 Meter, alles in Acryl auf Leinwand

„**Spiegelseele**" - Spiegelplatten mit Metallkette frei schwebend, Maße: 140 x 42 x 42 cm

Nachwort

Warum: Die Faszination für die Darstellung der menschlichen Seele zieht sich wie ein roter Faden durch mein künstlerisches Schaffen. Obwohl mir dies beim Schreiben dieses Buches nicht bewusst war, hatte ich bereits 1989 eine Ausstellung, in der eine Installation von Gemälden zu sehen war, die rund um einen Golfplatz (Spielplatz) arrangiert waren. Im Zentrum befand sich ein aus vielen Teilen bestehender Spiegel, der symbolisch unsere „Spiegelseele" repräsentierte.

Wie: Rückblickend betrachtet, kann ich meine Arbeitsweise an diesem Bilderbuch mit dem Bau einer Sandburg am Strand vergleichen. Ich begann einfach damit, ein Loch zu graben und es mit Wasser zu füllen. Am nächsten Tag kam ich mit einer großen Schaufel, grub tiefer und häufte Hügel auf, die eine Landschaft formten. Im Laufe des ‚Urlaubs' entstanden Wasserläufe, Brücken, Türme und Gebäude, bis am Ende eine komplette Burganlage entstand.

Was: Des Weiteren möchte ich an dieser Stelle auf das zweite Buch dieser Serie hinweisen, mit dem Titel: **„Schloss der verirrten Gedanken"**. Dieses Buch befindet sich noch in der Entstehung und wird voraussichtlich 2025 veröffentlicht. Im Gegensatz zu ‚Labyrinth der verlorenen Gefühle' behandelt dieses Werk vorwiegend – wie der Titel schon sagt – verirrte Gedanken, ihre resultierenden Einstellungen und deren Folgen.

Abschließend: Ein besonderer Dank gilt seinen Freunden aus der Yogagruppe „Männer Yoga & Pils" sowie seiner Frau Brigitte Seiler-Rothfuss, die am Lektorat mitgewirkt hat.

DANKE!
Frank Rothfuss

Bonus Yogastunde

„Wenn du es eilig hast, setz dich hin"

Jonathan war sich der großen Verantwortung bewusst, die auf seinen Schultern lastete. Das, was er erschuf, würde von vielen Menschen gesehen werden, und sie mussten darauf vertrauen können, dass es fundiert und durchdacht war. Um sicherzustellen, dass seine Arbeit aus den tiefsten Weisheiten seines Herzens und seiner Intuition stammte, beschloss er, Yoga zu machen – als Prävention und Verpflichtung gegenüber seinen Lesern. Er erinnerte sich an das Zitat eines weisen Mannes: „Wenn du es eilig hast, setz dich hin." Mit einem entschlossenen Griff nahm er seine Yogamatte, breitete sie in dem dafür vorgesehenen Raum seines Apartments aus und ließ sich mit einem leisen Seufzer darauf nieder.

Er nahm die Grundstellung Shavasana ein, auch bekannt als die Leichenstellung – eine Asana, die bereits für sich genommen eine Übung ist. Auf dem Rücken liegend, spreizte er die Beine und ließ seine Fußzehen nach außen sinken. Dann legte er seine Arme leicht abgespreizt neben sich und achtete darauf, dass seine Handflächen nach oben zeigten. Es war wichtig, dass seine hochsensiblen Hände und Finger keinen Kontakt zum Boden hatten. Er drehte seinen Kopf sanft nach links und rechts, um ihn so zu positionieren, dass er gerade lag – selbst wenn er einschlief, was seit vielen Jahren nicht mehr vorgekommen war. Schließlich hob er sein Becken an und legte es zentriert ab, um sicherzustellen, dass sein Körper vollkommen gerade ausgerichtet war. Diese Präzision war entscheidend.

Er begann seine Yogastunde damit, seinen Atem bewusst wahrzunehmen. Zuerst konzentrierte er sich auf den Bereich um seine Nase und spürte den feinen Luftzug oberhalb seiner Oberlippe, während die Luft durch seine Nasenlöcher strömte. Das leise Geräusch erinnerte ihn an das rhythmische, unregelmäßige Rauschen der Wellen an einem fernen Strand. Dann verlagerte er seine Aufmerksamkeit tiefer in den Rachenraum und spürte, wie sein Atem ein-

und ausströmte. Er verengte leicht seine Stimmritze, wodurch ein sanftes Geräusch entstand – ähnlich dem Hauch, wenn man einen Spiegel anhaucht. Diese Technik, bekannt als Ujjayi-Atmung oder „siegreicher Atem", ermöglichte ihm die Kontrolle über seinen Atem und im übertragenen Sinne über seine Energie oder Chi, wie es im Chinesischen genannt wird. Durch die Konzentration auf die Verengung der Stimmritze und das Lauschen des Hauchs erlangte er völlige Kontrolle über seinen Atem.

Als Nächstes richtete er seine Aufmerksamkeit auf das Ein- und Ausströmen seines Atems im Brustbereich. Bei jedem Einatmen spürte er, wie sich sein Brustkorb weitete – nicht nur nach oben oder zu den Seiten, sondern auch nach unten zur Matte hin und in Richtung Zwerchfell. Diese tiefe Atmung führte zu einer umfassenden Entspannung, wodurch sein Herzschlag ruhiger, gleichmäßiger und kraftvoller wurde. Danach vertiefte er seine Konzentration weiter und fokussierte sich auf die innere Ruhe. Er spürte seinen Atem im Bauch- und Beckenbereich und nahm sogar den durch das Einatmen leicht verstärkten Druck seines Steißbeins zur Matte hin wahr – ein klares Zeichen für sein gesteigertes Bewusstsein und seine intensive Konzentration.

Während der Atemübung stellte er sich symbolisch ein Bild vor: das Meer. Der Ozean war an der Oberfläche stürmisch und aufgewühlt, doch in seiner Tiefe immer ruhig und still. Im übertragenen Sinne wechselte er von der wilden, stürmischen Oberfläche in die ewige Stille und Ruhe der Tiefe. Diese Vorstellung war die Voraussetzung für eine tiefe Entspannung.

Darüber hinaus visualisierte er erneut das Element Wasser. Er stellte sich einen See vor, dessen Sand aufgewühlt und trüb war. In tiefer Entspannung kehrte sich dieser Zustand um, und der See verwandelte sich in einen klaren Bergsee, dessen Oberfläche den Himmel spiegelte – in völliger Klarheit und Frische.

Ein weiteres Bild kam ihm in den Sinn, ebenfalls mit dem Element Wasser verbunden: ein Glas, gefüllt mit Wasser und Sand. Wenn man das Glas schüttelte, vermischten sich Sand und Wasser zu einer trüben Brühe. Doch sobald man das Glas auf den Tisch stellte und beobachtete, wie sich der Sand am Boden absetzte, wurde das Wasser wieder klar. Diese Metapher veranschaulichte für ihn den Zustand tiefer Entspannung und die daraus entstehende Klarheit.

Er erkannte erneut, dass diese Atemübung, die er schon tausendmal praktiziert hatte, bei genauer Betrachtung niemals wirklich gleich war. Obwohl sie oberflächlich betrachtet immer gleich erschien, war jeder Atemzug einzigartig in seiner Intensität und im Verhältnis von Ein- und Ausatmen. Diese Einzigartigkeit wurde durch die verschiedenen Gefühle und Empfindungen, die ihn begleiteten, noch verstärkt. Es war wie das Reiskorn auf dem Schachbrett, das sich bei jedem Feld verdoppelt und so eine unermessliche Vielfalt an Möglichkeiten schafft.

Anschließend führte er zwei Techniken hintereinander aus, von denen jede für sich genommen bereits ausgereicht hätte, um muskuläre Entspannung auf körperlicher Ebene zu erreichen.

Zuerst nutzte er die Technik der progressiven Muskelentspannung nach Jacobson. Er begann damit, seine rechte Fußzehe anzuziehen und das gesamte rechte Bein für mindestens sieben Sekunden anzuspannen, bevor er es wieder entspannte. Die Herausforderung bestand darin, während der Anspannung den Atem frei fließen zu lassen und den Rest des Körpers entspannt zu halten.

Anschließend spannte er nacheinander verschiedene Muskelgruppen an: das linke Bein, das Becken, die Pobacken, den Brustkorb und den Kopf. Er zog das Gesicht in eine Löwenmimik mit herausgestreckter Zunge und weit geöffneten Augen, hielt die Spannung für sieben Sekunden und ließ dann los. Danach folgten die Arme: Unterarme, Oberarme und Fäuste wurden fest angespannt und wieder entspannt, begleitet von einem „Zitronengesicht", als würde man etwas Unangenehmes küssen.

Zum Abschluss zog er die Schultern zu den Ohren hoch und spannte den Nacken an, bis er heiß wurde. Nach sieben Sekunden ließ er los. Schließlich drehte er den Kopf nach links und rechts, bevor er ihn zentriert ablegte. Diese Übungen führten bereits zu einem spürbaren Gefühl der Entspannung.

Um die körperliche Entspannung weiter zu vertiefen, hatte er sich angewöhnt, zusätzlich autogenes Training anzuwenden. Dabei konzentrierte er sich auf die Auflageflächen seines Körpers: Fersen, Waden, Gesäß, oberen Rücken, Hinterkopf, Ellenbogen und Handrücken. Durch dieses bewusste Erspüren stellte sich ein Gefühl von Schwere und Wärme ein, das die Entspannung noch intensiver machte.

In diesem Zustand tiefer Entspannung fühlte er eine Weite und das Auflösen seiner Körpergrenzen. Er wurde eins mit seiner Umgebung. Klarheit, Stille, Freiheit, Achtsamkeit und Wachheit – all diese Empfindungen vereinten sich in ihm. Es war ein Zustand der Weite gepaart mit absoluter Zentriertheit.

Im Sanskrit wird dieser Zustand „Neeti" genannt – sowohl als auch. Anders als der Verstand, der immer zwischen Gegensätzen unterscheidet, erkennt die Seele aus dem Herzen heraus die Gleichzeitigkeit von schwer und leicht, hell und dunkel, laut und leise. Es gibt kein Urteil mehr, kein Gut oder Schlecht – nur das Sein im Hier und Jetzt.

In diesem Zustand schien die Zeit nicht mehr zu existieren. Sie löste sich auf, denn Zeit ist ein Konstrukt unseres Verstandes, der ohne Vergangenheit und Zukunft nicht funktionieren könnte. In tiefer Meditation verschmelzen Zukunft und Vergangenheit zu einem Gefühl der Ewigkeit – die eigentliche Realität wird erfahrbar.

Er verharrte etwa eine Viertelstunde lang in diesem Zustand, vollkommen wach, bei vollem Bewusstsein und mit geschärften Sinnen. Danach vertiefte er seine Atmung, machte ein paar Grimassen und klopfte sich wie ein Orang-Utan auf die Brust. Tief entspannt und heiter gelassen konnte er sich nun mit voller Konzentration ans Werk machen.

Fotograf: Michael Uecke

Frank Rothfuss
f.rothfuss@online.de

https://frank-rothfuss.de

Über den Autor

Frank Rothfuss, geboren 1967 in Aschaffenburg, hat sich als freischaffender Künstler, Illustrator und Grafikdesigner einen Namen gemacht. In seiner langjährigen Selbstständigkeit realisierte er zahlreiche Projekte für diverse Kunden, darunter viele Kunst- und Bilderbücher. Darüber hinaus arbeitet er seit 2005 nebenberuflich als diplomierter Yoga- und Meditationslehrer.

Mit „Labyrinth der verlorenen Gefühle" präsentiert Frank Rothfuss nun seinen ersten eigenen Roman – ein Werk, das seine vielfältigen Talente und Erfahrungen auf einzigartige Weise zusammenführt.

Impressum

Frank Rothfuss
Labyrinth der verlorenen Gefühle
Bilderbuch & Roman

Copyright © 2024, Frank Rothfuss

Abbildungen Umschlag und Innenseiten:
Copyright © 2024, Frank Rothfuss

Die deutsche Nationalbibliothek verzeichnet diese Publikation in der Deutschen Nationalbibliografie; detaillierte bibliografische Daten sind im Internet über http://dnb.d-nb.de abrufbar.

2. Auflage SW 2024

ISBN: 978-3-7597-6215-3

Herstellung und Verlag:
BoD – Books on Demand, Norderstedt

Für Anfragen bezüglich der Nutzung von Texten und Bildern
wenden Sie sich bitte an:

Frank Rothfuss
MAIL: f.rothfuss@online.de

FSC
www.fsc.org

MIX

Papier aus ver-
antwortungsvollen
Quellen
Paper from
responsible sources

FSC® C105338